文芸社セレクション

万華鏡アニバーサリーズ

狭倉 瑠璃

HAZAKURA Ruri

JN179223

文芸社

目次

【何でもない日のお祝い】

「何でもない日おめでとう」

「え？」

驚いている彼女を有無を言わさずテーブルへ導く。所狭しと並べたご馳走に彼女が怪訝な顔をする。

「何のお祝いなの」

「言ったじゃないか。何でもない日の、だよ」

彼女との毎日は、全てが特別で輝かしい瞬間。今日という素晴らしい日を共に祝おう。

1月（睦月）

【1月1日は元日（New Year's Day）】

新年の幕開けの日。年のはじめを祝う国民の祝日。

１９４８（昭和23）年7月公布・施行の祝日法によって制定された。


おせちとお雑煮で朝食を済ませ、二人で外に出た。寒風の吹きすさぶ中、神社を目指す。

小さなその神社は元日とあって混み合っていた。石段を上がり、参拝する。賽銭を投げ込んで、礼と柏手をして、鈴を鳴らして。

願うことはただ一つ。いま隣にいてくれる人が、今年も健やかで幸福であるようにと。

And the Day of……元旦、初詣、年賀、若水、若潮（若潮迎え）、四方拝、（旧）新年、パブリックドメインの日、少年法施行の日、神戸港記念日、初妙見

【1月2日は初夢】

昔から初夢で1年の吉凶を占う風習がある。

初夢の夜は大晦日、元日、正月2日、節分等があるが、一般には正月2日の夜の夢が初夢とされている。

室町時代から、良い夢を見るには、七福神の乗った宝船の絵に「永き世の遠の眠りの皆目覚め波乗り船の音の良きかな」という回文（逆さに呼んでも同じ文）の歌を書いたものを枕の下に入れて眠ると良いとされている。これでも悪い夢を見た時は、翌朝、宝船の絵を川に流して縁起直しをする。


「いい初夢見れたかい？」

「うん」

「どんな？」

「……貴方には教えない」

何でさとむくれられても、これぱかりは教えるものか。間違いなくからかわれる。

彼に愛おしそうに抱きしめてもらう夢を見たなんて事は、それが堪らなく幸せだった事は、決して言えない自分だけの秘密。

And the Day of……初売り（初商）、初荷、仕事始め（農初め、舟の乗り初め、初舟、初山入り、山初め、縫い初め）、書き初め、姫始め、皇室一般参賀、箱根駅伝（東京箱根間往復大学駅伝競走）

【1月3日は瞳の日】

眼鏡・コンタクトレンズの業界が制定。

「ひ（1）とみ（3）」の語呂合せ。


「君の瞳はとても綺麗だね」

頬に手を添えて囁く。彼女は頬を染めて目を伏せてしまった。

「目を逸らさないで。僕を見て」

もっと見ていたいんだ。ねだると、おずおずとまた目を向けてくれた。

惚れ惚れとその美しい色に見入る。静かで優しい宝石の如き眼、自分だけのこの至宝。その瞳に、また恋をする。

And the Day of……戊辰戦争開戦の日、（旧）元始祭［1948年まで］

【1月4日は石の日、ストーンズデー】


「い（1）し（4）」の語呂合せ。

この日に、地蔵・狛犬・墓石など願いがかけられた石に触れると、願いが叶うと言われている。


いつもは素通りする石地蔵の前でふと足を止めたのは、彼と交わした会話のせいかもしれない。

今日お地蔵さんや狛犬に触ると、願いが叶うらしいよ。彼の言葉が耳の奥に蘇る。

何かを考える前に手を伸ばしていた。丸い頭にそっと触れる。

どうか彼に平和を、幸福を。声に出さず祈りを捧げて、手を離した。

And the Day of……官公庁御用始め、取引所大発会

【1月5日は囲碁の日】

日本棋院が提唱。

「い（1）ご（5）」の語呂合せ。

「囲碁のルールは分かるかい？」

「知っているけど」

じゃあやろうよ、と盤を出してきて一時間。彼女の腕前は「知っている」どころではなかった。

「強いね。どこで覚えたんだい？」

「小学校の頃、担任の先生から」

覚えているものね、と懐かしげに碁石を弄ぶ。後でその教師の思い出話も聞かせてもらおうと決めた。

And the Day of……いちご世代の日（いちごの日）、紬の日、魚河岸初競、（旧）新年宴会
[1948年まで]、初水天宮

【1月6日はケーキの日】

1879（明治12）年のこの日、上野の風月堂が日本初のケーキの宣伝をした。

二人でケーキを食べて、いつものように先に食べ終えた。珈琲を飲みながら、まだ食べている彼女を眺める。

ちまちまと少しずつ味わっているのが、本当に可愛らしい。楽しく眺めていると、ふと顔を上げた彼女と目が合った。ぱち、と瞬きした彼女が思案する顔をして、それから皿を押してくる。

「半分いる？」

And the Day of……色の日、佐久鯉誕生の日、東京消防庁出初め式、六日年越し、顕現日（Epiphany）、良寛忌［禅僧・良寛の1831（天保2）年の忌日］

【1月7日は七種、七種粥】

春の七種を刻んで入れた七種粥を作って、万病を除くおまじないとして食べる。

七種は、前日の夜、俎に載せ、囃し歌を歌いながら包丁で叩き、当日の朝に粥に入れる。呪術的な意味ばかりでなく、おせち料理で疲れた胃を休め、野菜が乏しい冬場に不足しがちな栄養素を補うという効能がある。

今日は普通のご飯ではなく七種粥で夕飯にした。お椀によそって手渡す。

「熱いから気をつけて」

「ありがとう」

匙で掬って一口食べる。熱いが美味しい。体が温まる。

「これで今年は病気にならないね」

「生活習慣は自己管理しないと」

もっともな助言に苦笑して、もう一口食べた。やっぱり美味しいね。

And the Day of……人日（七日正月）、爪切りの日、千円札の日、夕霧忌［大坂・新町の扇屋の遊女・夕霧の1678（延宝6）年の忌日］

【1月8日は勝負事の日】

「一か八かの勝負」から。


「どうせなら、何か賭けないかい？」

カードを切りながら、彼がふと悪戯っぽい目をした。

率直に言えば乗りたくない。負けるつもりはないが、勝負は時の運だ。負けた時何をされるか分かったものではない。

「そんな顔しないでくれよ」

彼が苦笑した。

「僕が勝っても、キスしてくれるだけでいいよ」

And the Day of……平成スタートの日、ロックの日、イヤホンの日、正月事納め、初薬師

【1月9日は風邪の日】

1795（寛政7）年のこの日、横綱・谷風梶之助が流感で現役のまま亡くなった。

亡くなる10年ほど前に流感が流行している時に、「土俵上でわしを倒すことはできない。倒れるのは風邪にかかった時くらいだ」と語ったことから、この時に流行した流感が「タニカゼ」と呼ばれたが、後に谷風の死因となった流感（御猪狩風）と混同された。


風邪を引いて寝込んでしまった。居合わせた彼女があれこれ世話を焼いてくれたが、今日は彼女も仕事がある。

「夜にまた来るから。お昼は鍋のお粥を食べて。薬は食卓に置いてるから」

水分はまめに、汗をかいたら着替えを。心配そうな彼女に微笑んで見せる。

「大丈夫だけど、早く帰ってきてほしいな」

And the Day of……とんちの日、青々忌［ホトトギス派の俳人・松瀬青の１９３７（昭和12）年の忌日］、宵戎

【1月10日はインテリア検定の日】

インテリア検定を実施している日本インテリア総合研究所が制定。

「イン（1）テ（10）リア」の語呂合せ。


「家具が古くなってきたから、買い換えようと思うんだ」

彼の言葉にそうなのかと頷いた。彼の自由だ。彼の好きにすればいい。なのに、なぜか彼はあれこれカタログを並べ始めた。

「これなんかどうかな。こっちもいいんだけど」

「なぜ私に聞くの」

尋ねると彼はきょとんとした。

「だって、君も使うものだよ」

And the Day of……110番の日、十日戎、明太子の日、かんぴょうの日、さんま寿司の日、糸

引き納豆の日（糸の日）、初金比羅

【1月11日は鏡開き】

正月に年神様に供えた鏡餅を雑煮や汁粉にして食べ、一家の円満を願う行事。武家社会の風習だったものが一般化した。刃物で切るのは切腹を連想させるため、手や木槌で割ったり、砕いたりする。また、「切る」という言葉をさけて、「開く」という縁起の良い言葉を使っている。

地方によって日が違い、京都では4日に、ほかに20日に行う地方もある。

今日は鏡開き。鏡餅を下ろしてきて、金槌を用意して。

「君がやるかい？」

「貴方の方が力はあるでしょう」

それはそうだ。テーブルまで壊さないように少し加減して振り下ろす。ばきりと餅が割れた。

餅の破片を焼きながら、二人で作った雑煮も温めなおす。醤油と黄粉も小皿に用意した。

And the Day of……蔵開き、樽酒の日、塩の日、1・11忌［小説家・山本有三の1974（昭和49）年の忌日］

【1月12日はスキーの日】

スポーツ用品メーカー・ミズノの直営店・エスポートミズノが１９９４（平成６）年に制定。

１９１１（明治44）年のこの日、オーストリアのレルヒ少佐が新潟県の高田陸軍歩兵聯隊の青年将校にスキーの指導を行い、日本人が初めてスキーを行った。

思いついたのは、テレビに雪山が映ったから。

「スキーしに行かないかい？」

特に深い意味もなく誘ってみたが、彼女は困った顔をした。

「苦手かい？」

「やったことないの」

じゃあ教えてあげるよと言いかけたが、寒いのが苦手な彼女を雪山に連れていくのも少し気がひける。ならば温泉にでも行こうか。

And the Day of……桜島の日

【1月13日はピース記念日】

1946（昭和21）年のこの日、高級たばこ「ピース」が発売された。当時、10本入りで7円で、日曜・祝日に1人1箱だけに限られていた。

カメラを向けると、彼女は目に見えて固まった。それが可愛らしいから意地悪がしたくなる。

「そんな顔しないで。笑って、笑って」

促しても表情はこわばったまま、むしろますます怖い顔になる。そんな彼女は可愛い。

「そうだなあ、あとピースもして」

「できない！」

とうとう怒られたが、譲る気などない。

And the Day of……初虚空蔵

【1月14日は飾納、松納】

正月飾りや門松を取り外す日。


朝起きて最初に、玄関の正月飾りを外した。あとでどんと焼きをしている神社に持っていこうと用意をする。

「何時に出ようか」

お茶を淹れてくれている彼女に尋ねると、首を傾げられた。

「いつでも。早いほうがいいんじゃないかしら」

「じゃあ、食べたら出ようか」

帰りに少し散歩をしても良さそうだ。

And the Day of……左義長（どんと焼き、どんどん焼き）、タロとジロの日（愛と希望と勇気の日）、十四日年越し、尖閣諸島開拓の日

【1月15日は上元】

この日に小豆粥を食べるとその年の疫病が避けられると言われている。

7月15日を中元、10月15日を下元と言う。


小豆粥を二人で食べる。うっすら赤色に染まった粥が体を温めてくれる。

「これで一年健康に過ごせるね」

「自己管理はしなくちゃ」

確かにねと笑う。猫舌の彼女には冷めにくい粥がまだ熱いのか、ちまちまとした食べ方をしている。いつものように先に食べ終えて楽しく彼女を眺めた。

来年も二人で食べよう。

And the Day of……小正月、警視庁創設記念日、いちごの日、半襟の日、手洗いの日、フードドライブの日、ウィキペディアの日、アダルトの日、(旧) 成人の日

【1月16日は籔入り】

昔、商店に奉公している人や、嫁入りした娘が、休みをもらって親元に帰ることができた日。

この日と7月16日だけ実家に帰ることが許されていた。


「来週も会えるかな?」

「ううん。お墓参りに行こうと思うの」

残念だが彼女の自由だ。渋々頷いた。

「毎年この時期に?」

「違うけど。籔入りでしょう」

年末に帰らなかったからと呟く彼女は、藪入りの別の意味を知っているのか。

「藪入りはお嫁さんの休みでもあるって、知ってて言ってるのかい?」

And the Day of……禁酒の日、囲炉裏の日、初閻魔（閻魔賽日、十王詣）、念仏の口開け

【1月17日はおむすびの日】

米に関係する民間企業やＪＡ等でつくる「ごはんを食べよう国民運動推進協議会」が２０００年11月に制定し、２００１年から実施。

日付は公募で選ばれ、阪神大震災ではボランティアの炊き出しで被災者が励まされたことから、いつまでもこの善意を忘れない為、１月17日を記念日とした。


今日は暖かいから自然公園へ行くことにした。二人でおむすびを作って持っていく。

彼女のおむすびはきっちりした三角形。自分の丸いおむすびと見比べて、つい笑った。

「なあに？」

「いや、性格が出るなと思ってね。美味しそうだ、楽しみだよ」

汚れた手では髪を撫でられない。だから頬にキスをした。

And the Day of……防災とボランティアの日、今月今夜の月の日［尾崎紅葉『金色夜叉』に因む］

【1月18日は都バスの日】

東京都交通局が制定。

1924（大正13）年のこの日、東京市営乗合バスが東京駅への2系統で営業を開始した。

駅で彼女と落ち合い、バスに乗り込んだ。このバス停が始発なのでまだ空いている。後ろのほうの座席に二人並んで腰かけた。

「いい天気でよかったね」

「そうね」

微笑む彼女の肩の向こうで、ビルの屋上にころんと転がった太陽が輝く。輝く彼女の髪に見惚れていると、ドアが閉まりバスが動き出した。

And the Day of……118番の日、振袖火事の日、初観音

【1月19日は空気清浄機の日】

日本電機工業会が２００６（平成18）年に制定。

「い（1）い（1）く（9）うき」の語呂合せ。


ひどく気分の淀む日だった。何をする気力も湧かない。何をしても楽しくない。

ぼんやりとソファに座っていると、おずおずと彼女が隣に掛けた。躊躇いがちに手を握ってくれる。

「何か、私に出来る事はある？」

その言葉だけで気持ちが上向いた自分にこそ驚いた。彼女の存在は、空気を浄化してくれる。

And the Day of……家庭消火器点検の日、のど自慢の日、明恵忌〔鎌倉時代の僧で華厳宗中興の祖・明恵上人の1232（寛喜4）年の忌日」

【1月20日は海外団体旅行の日】

１９６５（昭和40）年のこの日、日本航空が海外団体旅行「ジャルパック」を発売し、海外団体旅行がブームとなった。

海外団体旅行のパンフレットを見比べる。色々と内容が盛り沢山なことと、何より安心できるのが魅力だ。だが知らない人と一緒だから彼女が人見知りをしてしまうかもしれない。

けれどやはり諦めきれない。彼女と行きたい、楽しみたい。頃合いを見て打診してみようと決めて、付箋を貼り付けた。

And the Day of……二十日正月、乙字忌［俳人・大須賀乙字の１９２０（大正９）年の忌日］、暁臺忌［俳人・加藤暁臺の１７９２（寛政４）年の忌日］、義仲忌［源義仲（木曾義仲）の１１８４（元暦元）年の忌日］

【1月21日は料理番組の日】

１９３７年のこの日、イギリスのＢＢＣテレビで、料理番組の元祖と言われる番組『夕べの料理』の放送が開始された。

第１回目は「オムレツの作り方」で、この日の担当のマルセル・ブールスタンは、世界で初めてテレビに出演した料理人となった。

テレビで料理番組が流れ始めた。なんとなくそのまま眺める。いい匂いのしてきそうな映像とともに、出来上がっていく料理。綺麗に盛り付けられたそれは、とても美味しそうだった。

近いうちに彼女のために作ろう、一緒に作ってもいいかもしれない。そう心に決めて、うきうきと材料をメモした。

And the Day of……ライバルが手を結ぶ日、初大師、初弘法、久女忌［俳人・杉田久女の

1946（昭和21）年の忌日」

【1月22日はカレーライスの日】

1982（昭和57）年のこの日、全国学校栄養士協議会で1月22日の給食のメニューをカレーにすることに決められ、全国の小中学校で一斉にカレー給食が出された。

今日の夕飯はカレーだ。具材を炒めて、水を入れて、ルーを入れて、隠し味に蜂蜜を少し。サラダを用意していた彼女も盛り付け終わったらしく鍋を覗きに来た。

「良い匂いだね」

「味見する？」

「いいよ。楽しみはとっておきたいんだ。僕はデザートを用意しようかな」

笑った彼が楽しげに林檎を剥き始めた。

And the Day of……ジャズの日、飛行船の日、默阿弥忌［歌舞伎作者・河竹默阿弥の１８９３（明治26）年の忌日］、左衛門忌［俳人・吉野左衛門の１９２０（大正９）年の忌日］

【1月23日は電子メールの日】

電子メッセージング協議会（現在のＥジャパン協議会）が１９９４（平成６）年に制定。

「１（いい）23（ふみ）」（いい文・Ｅ文）の語呂合せ。

携帯電話が着信を知らせた。もしかしてと心をときめかせながら開くと、期待通り彼女からのメール。

今週末会えるか、と尋ねる文面に嬉しくなる。彼女の為なら時間を作らない筈がない。

早速返信しながら、二人でどう過ごそうかと考える。出かけるのも家でゆっくりするのもいい。楽しみで堪らなかった。

And the Day of……八甲田山の日、真白き富士の嶺の日、アーモンドの日、ワンツースリーの日、

羅山忌　［江戸時代の儒学者・林羅山の１６５７（明暦３）年の忌日］

【1月24日は郵便制度施行記念日】

1871（明治4）年のこの日、「郵便規則」が制定された。同年3月1日から、東京・京都・大阪間で郵便業務が開始された。

それまでは飛脚便に頼っていたが、前島密の建議により郵便制度が定められ、まず東京・京都・大阪間で営業が開始された。


君からの手紙が欲しいんだ、などと手を替え品を替えねだられた。根負けして折れた事をいま後悔している。

文房具屋で選んだ便箋は雪のように白いまま。何を書けばいいのかも分からず、もうかれこれ一時間思い悩んでいる。

彼に伝えたい事は沢山ある。ありすぎて、想いばかり溢れて、言葉にならなくて。

And the Day of……法律扶助の日、ゴールドラッシュデー、ボーイスカウト創立記念日、初地蔵、初愛宕

【1月25日は日本最低気温の日】

１９０２（明治35）年のこの日、北海道旭川市で、日本の最低気温の公式記録・マイナス４１・０度を記録した。

１９７８（昭和53）年2月17日に幌加内町母子里の北大演習林でこれより０・２度低いマイナス４１・２度を記録したが、気象庁の公式記録の対象から外れていたため、旭川の記録が公式の日本最低気温となっている。


「寒いね」

彼が言うのでそうねと頷いた。何となく互いを窺い合う。

「ちょっとこっちへ来て」

悪戯っ子の瞳で彼が言う。内心ほっとして立ち上がった。

だが隣に座っても抱き寄せてはくれない。怪訝に思っていると彼がにっこり笑った。

「君が抱きしめてくれないと、僕は寒くて死んでしまうよ」

And the Day of……中華まんの日、ホットケーキの日、主婦休みの日、左遷の日、お詫びの日、初天神、バーンズ生誕日［スコットランドの詩人ロバート・バーンズの1759年の誕生日］、法然忌［浄土宗の開祖・法然の1212（建暦2）年の忌日］、契沖忌［江戸時代の国学者・歌人である契沖の1701（元禄14）年の忌日］

【1月26日は文化財防火デー】

１９４９（昭和24）年のこの日、日本最古の壁画が描かれた奈良の法隆寺金堂が火災により焼損した。

これをきっかけに、文化財を火災や震災から守るとともに、文化財愛護思想の普及高揚を図る目的で、１９５５（昭和30）年に文化庁と消防庁が制定した。

各地で文化財の防火訓練が行われる。


法隆寺に二人で詣でた。金堂、五重塔、大講堂、大宝蔵院、夢殿、それに西円堂。建物や仏像をじっくり見ながら回る。

「どうかしたかい？」

彼女が仏像をじっと見て動かないので、声を掛けた。はっとしたようにこちらを見た彼女は、少し躊躇ってから口を開いた。

「貴方に似てる、気がして」

And the Day of……有料駐車場の日（パーキングメーターの日）、帝銀事件の日、コラーゲンの日、携帯アプリの日

【1月27日はハワイ移民出発の日】

１８８５（明治18）年のこの日、移民条約によるハワイへの移民第一号の船が横浜港を出航した。


ハワイに行った人から土産をもらったと言って、彼女が持ち込んできたのはマカダミアナッツチョコレートの小箱。受け取って微笑む。

「美味しいよね。紅茶と一緒に食べようか。ありがとう」

お茶を淹れて、色違いの二つのカップに注ぎ分ける。努めてさりげなく聞いた。

「くれたのはどんな人なんだい？」

And the Day of……国旗制定記念日、ホロコースト犠牲者を想起する国際デー（International Holocaust Remembrance Day）、実朝忌［鎌倉幕府３代将軍で歌人の源実朝の

1219（承久元）年の忌日」、雨情忌［詩人・野口雨情の1945（昭和20）年の忌日］

【1月28日は衣類乾燥機の日】

日本電機工業会が1994（平成6）年に制定。

「衣類　いるい（1）ふん（2）わり（8）」の語呂合せ。


雨続きなので、洗濯物を乾燥機にかけた。唸っていた機械がやがてメロディを響かせて止まる。

ふかふかに仕上がった洗濯物を二人で畳む。シャツ、タオル、ハンカチ、肌着類。

彼女のハンカチを見て嬉しくなった。自分が以前贈ったものだ。気に入ってくれたなら、古びた頃にまた新しいものを贈ろう。

And the Day of……データ・プライバシーの日、宇宙からの警告の日、コピーライターの日、逸話の日、初不動、初荒神

【1月29日はタウン情報の日】

タウン情報全国ネットワークが制定。

１９７３（昭和48）年のこの日、日本初の地域情報誌『ながの情報』が発行された。


タウン情報誌を眺める。種々のイベント、新しくできる施設、地元商店街の店の特集。読んでいると行きたくなってくる。

「来月、市民音楽会があるんだって。一緒にどうかな？」

「いつ？」

日付を読み上げると「空いてる」という返事で嬉しくなった。情報誌に載っている喫茶店にも二人で行こう。

And the Day of……昭和基地開設記念日、人口調査記念日、草城忌（東鶴忌、銀忌）〔俳人・日野草城の１９５６（昭和31）年の忌日」

【1月30日は3分間電話の日】

1970（昭和45）年のこの日、公衆電話からの市内通話の料金が3分で10円になった。

それまでは1通話10円で、時間は無制限だった。


携帯電話が着信を知らせた。画面を見ると彼女の名前。慌てて通話ボタンを押した。

「もしもし！」

「なあに、慌てて」

だって君からなんて滅多にない。言葉を飲み込んで促すと、彼女は口籠った。

「ただ、声が聴きたくて」

3分でいいの、話がしたい。可愛らしい言葉に頬が緩む。何時間でも付き合うよ。

And the Day of……孝明天皇祭［宮中祭祀の一つ。1874（明治7）年から1912（明治45）年までは国の祭日として実施］

【1月31日は生命保険の日】

生命保険のトップセールスマンの集まりであるMDRT日本会が制定。1882（明治15）年のこの日、生命保険の受取人第一号が現れたことが報じられた。1月20日に心臓病で急死した警部長で、支払われた保険金は1000円、当人が払った保険料は30円だった。


生命保険を見直したら、掛け金が少し安くなったんだ。彼がそう言い出した。

「よかったね」

「うん、だから月に使えるお金が少し増えたんだ。君との旅行資金にしようと思って」

「貯金すればいいでしょう」

呆れて言うと、彼は拗ねた顔をした。

「君は僕と出掛けたくないのかい？」

そんな事は言っていない。

And the Day of……愛妻家の日、防災農地の日、五つ子誕生の日、晦日正月（晦日節）

2月（如月）

【2月1日はニオイの日】

P&G「ファブリーズ暮らし快適委員会」が2000（平成12）年に制定。

「に（2）お（0）い（1）」の語呂合せ。

目が覚めると、彼の腕の中に閉じ込められていた。

まだ覚め切らない頭は、ただ多幸感に満ちている。まだ目を閉じている彼の精悍な顔。

何も考えず、自分から彼の胸板に擦り寄っていた。顔を押し付けて彼の肌の香りを嗅ぐ。胸に満ちる安堵。

ずっとこうしていたいけれど、早く彼に目覚めても欲しくて。

And the Day of……テレビ放送記念日、京都市電開業記念日、琉球王国建国記念の日、プロ野球キャンプイン、二月礼者、重ね正月（一夜正月）、碧梧桐忌（寒明忌）［俳人・河東碧梧桐の１９３７（昭和12）年の忌日］

【2月2日はおんぶの日】

従来の物よりも楽に子どもをおんぶできる「おんぶ紐」を製作した横浜市在住の母親が制定。

２つの2がおんぶする親と子どもを表すとともに、「親も子もニコニコ笑顔で」との思いも込められている。


不意に背中に重みを感じ、驚いて振り返った。背中に抱きついてきた彼がにこりと笑い、また少し体重をかけてくる。

「やめてよ」

「いいじゃないか」

おんぶおばけが邪気のなさげににこにこする。自分がその笑顔に弱い事だって、結局許してしまう事だって、彼はちゃんと知っているのだ。

And the Day of……世界湿地デー（World Wetlands Day）、情報セキュリティの日、国際航空業務再開の日、交番設置記念日、バスガールの日、おじいさんの日、麩の日、夫婦の日、頭痛の日、ツインテールの日、二日灸（如月灸）、キャンドルマス（聖燭節、聖母マリアの清めの日）

【2月3日は神社本庁設立記念日】

１９４６（昭和21）年のこの日、日本全国のほとんどの神社を包括している宗教法人・神社本庁が発足した。

ただし、神社本庁自体は事務機関であり崇敬の対象となるものではないことから、神社では特に祭礼などは行われない。

二人でぶらぶらと歩いていると、小さな神社を見つけた。折角だからとお参りしていく。

神職が常駐していない、小さな小さなお社。鈴を鳴らして手を合わせる。願うのは隣にいる人の事。二人で、ずっと共にいられるようにと。

目を開けて隣を窺う。彼女はまだ、真剣な顔で目を閉じていた。

And the Day of……大豆の日、乳酸菌の日、大岡越前の日、雪池忌［福澤諭吉の１９０１（明治

34）年の忌日」、光悦忌「書家・工芸家の本阿弥光悦の１６３７（寛永14）年の忌日」

【2月4日は西の日】

「に（2）し（4）」の語呂合せ。

この日に西の方へ向かうと、幸運に巡り会えるとされている。


「今日はどっちに散歩に行こうか」

外出の支度をしながら問うと、彼女は少し考えて西を指差した。

「いいね。夕日が綺麗そうだ」

日の暮れかかる街を二人で歩く。正面にある夕日が眩しい。振り返ってみれば長い影。

そっと手を捕まえれば、おずおずと握り返してくれる。幸福と共にしっかりと握りしめた。

And the Day of……世界対がんデー（World Cancer Day）、ビートルズの日、ぷよの日、大石忌

［1702（元禄15）年のこの日、前年に吉良邸に討入り主君の仇を討った大石内蔵助以下赤穂浪士46人に幕府が切腹を命じた］

【2月5日は笑顔の日】

「ニ（2）コ（5）ニコ」の語呂合せ。

彼女がふわりと微笑んだ。淡く神聖なその笑顔に魅せられた。

「どうしたの」

彼女が怪訝そうな顔になって、はっと我に返る。消えてしまった笑顔が惜しい。もっと見ていたい。

手を伸ばして彼女の顔に触れた。不思議そうになすがままになっている人の頬を、唇をなぞる。ここにもう一度、あの笑顔を、どうか。

And the Day of……長崎二十六聖人殉教の日、プロ野球の日、ふたごの日、日本語検定の日

【2月6日は抹茶の日】

愛知県の西尾市茶業振興協議会が西尾茶創業120年を記念して制定。

茶道で釜をかけて湯をわかす道具「風炉」から「ふ（2）ろ（6）」の語呂合せ。


抹茶味のチョコレートを買ってきて、二人で分け合いながら食べる。上品な甘さ、ほろ苦い美味しさ。彼女の口にも合ったのか、遠慮がちながらも何度も手を伸ばすのが可愛い。

「お茶を淹れ替えようか」

「私が」

「いいよ、座っていて」

押し留めて立ち上がる。次はミルクティーが合うかもしれない。

And the Day of……世界女性器切除根絶の日（International Day of Zero Tolerance to Female Genital Mutilation)、海苔の日、ブログの日、句仏忌［「句仏上人」と呼ばれた東本願寺23代法主で俳人の大谷光演（彰如）の１９４３（昭和18）年の忌日］

【2月7日はふるさとの日［福井県］】

福井県が１９８２（昭和57）年に制定。１８８１（明治14）年のこの日、石川県・滋賀県から越前・若狭を分離して福井県が設置された。

福井県立恐竜博物館に二人で行った。大きな博物館で、一日いても楽しい。まるで生きているかのように身動きするロボット、細密なジオラマ、巨大な全身骨格。フクイサウルスとフクイラプトルの全身骨格もある。

彼女が綺麗な鉱石にまじまじと見入っているので立ち止まって待つ。時間はまだあるよ。

And the Day of……北方領土の日、フナの日、長野の日（オリンピックメモリアルデー）［長野県］、瓜人忌［俳人・相生垣瓜人の１９８５（昭和60）年の忌日］

【2月8日は〒マークの日】

１８８７（明治20）年のこの日、逓信省（後の郵政省、現在の日本郵政グループ）のマークが逓信の「テイ」に合わせて甲乙丙丁の「丁」に決定した。しかし、万国共通の郵便料金不足の記号「T」と紛らわしいことがわかり、６日後の14日に、「テイシンショウ」の「テ」を図案化した「〒」の誤字だったことにして変更した。


「君の手紙、届いたよ」

「捨てて！」

「嫌だよ、僕の宝物だ」

切手も綺麗で、封筒も便箋もおしゃれだった、勿論内容もとても嬉しかったよ。うきうきと報告すると、真っ赤になった彼女が小さく頷く。その手にそっと触れた。

「僕も返事を書くからね」
何なら文通したい。言うと、会ってるのにと苦笑された。

And the Day of……つばきの日、ロカビリーの日、針供養、御事始め、プレシェーレンの日［スロベニアの詩人、フランツェ・プレシェーレンの1849年の忌日］、節忌［歌人・小説家の長塚節の1915（大正4）年の忌日］

【2月9日は福の日】

「ふ（2）く（9）」の語呂合せ。


君に福が来ますように。笑顔で彼が渡してくれたのは、福寿草をモチーフにしたストラップ。

「どうしたのだ」

「出先で見つけたんだ。素敵だと思ってね」

取り敢えず袋から出して、鞄につけた。彼が嬉しそうににこにこする。

「実は僕も買ったんだ」

お揃いだねと微笑まれ、顔が熱くなった。

And the Day of……漫画の日、ふく（河豚）の日、服の日、風の日、肉の日

【2月10日はふとんの日】

全日本寝具寝装品協会が１９９７（平成９）年に制定。

「ふ（2）とん（10）」の語呂合せ。


「ただいま」

奥からの返事はない。怪訝に思いながら部屋に入った。

ある部屋を覗いて驚いた。床に積み重ねられた布団と、それに包まって寝息を立てる彼女。

魔がさしたのか、気持ちは解る。忍び笑って布団ごと抱き上げた。

寝台の上に下ろして、隣に横になった。目覚めた彼女は、きっと真っ赤になる。

And the Day of……海の安全祈念日、簿記の日、ニットの日、左利きグッズの日、ふきのとうの

日、観劇の日、豚丼の日、みやざき地頭鶏の日、キタノ記念日、ニートの日

【2月11日は干支供養の日】

干支置物等を製作している陶磁器メーカー・中外陶園が制定。

立春の直後で、十と一を組み合わせると「土」になることから。

一年間大切に飾られ厄を払ってくれた干支置物に感謝し、元の土に還す日。


去年の干支の置物を干支供養に出す。一年間ありがとうと、感謝を込めて。

紐や額を外して。

彼と一緒に初詣した神社で、二人で選んだ置物。鮮やかな色とユーモラスな表情。

「来年も一緒に初詣に行こう。次の縁起物はどんな顔だろうね」

「来年のことを言うと鬼が笑うわ」

なら、君も笑っておくれよ。

And the Day of……建国記念の日（National Foundation Day）、（旧）紀元節、文化勲章制定記念日、万歳三唱の日、仁丹の日

【2月12日はペニシリンの日】

１９４１年のこの日、イギリスのオックスフォード大学附属病院が、世界で初めてペニシリンの臨床実験に成功した。


風邪を引いてしまった。居合わせた彼女があれこれ世話を焼いてくれるが、中々治らない。

「食べられそうな物はある？」

「林檎、かな」

わかったと頷いて出ていこうとする彼女の手を思わず掴んだ。苦笑して額を撫でてくれる優しい感触。どんな抗生物質よりも、その手はつらさを和らげてくれる。

And the Day of……ダーウィンの日（Darwin Day）、ブラジャーの日、ボブスレーの日、レトルト

カレーの日、黄ニラ記念日、菜の花忌［小説家・司馬遼太郎の1996（平成8）年の忌日］

【2月13日は地方公務員法施行記念日】

１９５１（昭和26）年のこの日、「地方公務員法」が施行された。

市役所に行ったら、まだ若い職員さんが対応してくれたんだ。彼の言葉を聞く。

「名札の役職が主事補だったから、まだ新人さんなのかな。でももたもたしたところもなくて、はきはきしていて、好感の持てる人だったよ」

「そう」

「あと、そう、これももらってきたよ」

彼が机に置いたのは、婚姻届。

And the Day of……苗字制定記念日、ＮＩＳＡの日

【2月14日は聖バレンタインデー】

西暦２６９年のこの日、兵士の自由結婚禁止政策に反対したバレンタイン司教が、時のローマ皇帝の迫害により処刑された。それから、この日がバレンタイン司教の記念日としてキリスト教の行事に加えられ、恋人たちの愛の誓いの日になった。

ヨーロッパでは、この日を「愛の日」として花やケーキ、カード等を贈る風習がある。

女性が男性にチョコレートを贈る習慣は日本独自のもので、１９５８（昭和33）年にメリーチョコレートカムパニーが行った新宿・伊勢丹でのチョコレートセールが始まりである。１年目は３日間で３枚、１７０円しか売れなかったが、現在ではチョコレートの年間消費量の４分の1がこの日に消費されると言われるほどの国民的行事となった。

一箇月後の「ホワイトデー」に返礼のプレゼントをする。

彼の家に着くなり、笑顔で花束を差し出された。青を基調にまとめ、霞草をあしらった美しい花束。

「やっぱり君には青が似合うね」

嬉しそうに言われて顔が熱くなる。何も言えなくなって、ぐいと彼の手に小箱を押し付けた。彼が幸せそうに笑ってくれる。

「忘れないでいてくれて嬉しいよ。開けても？」

And the Day of……チョコレートの日、ネクタイの日、ふんどしの日、煮干の日、祇王忌［『平家物語』に登場する、平清盛の寵愛を受けた白拍子・祇王（妓王）の忌日］

【2月15日は春一番名付けの日】

郷ノ浦の漁師の間で春の初めの強い南風が「春一」と呼ばれており、これが「春一番」の語源とされている。春一番の語源には他にも諸説ある。

１９５０年代からマスコミがこの言葉を使用するようになって一般でも使われるようになり、１９６３（昭和38）年2月15日付けの『朝日新聞』朝刊の記事が新聞での「春一番」の初出とされ、このため2月15日は「春一番名付けの日」とされている。１９８５年からは気象庁が春一番の発表を行っている。


春一番が吹いたという。寒の戻りにご用心を、とニュースで呼び掛けている。

「春一番の翌日は寒くなりやすいからね。明日は家にいようか？」

「行きたい所があるんじゃなかったの」

なくはないが、急ぎの用事でもない。彼女に風邪をひいてほしくない。彼女には、いつだって健やかで幸せであってほしいのだ。

And the Day of……西行忌（円位忌）［歌人・西行法師の１１９０（文治６）年の忌日］、兼好忌［鎌倉時代末期から室町時代初頭の歌人で随筆『徒然草』の作者として知られる兼好法師（俗名・卜部兼好）の１３５０（正平５）年の忌日］

【2月16日は寒天の日】

長野県茅野商工会議所と長野県寒天加工業協同組合が制定。
２００５（平成17）年のこの日、ＮＨＫテレビ『ためしてガッテン』で寒天が取り上げられ、寒天が大ブームとなったことを記念した。

二人で駅前の和菓子屋に立ち寄った。寒天の日ということで、寒天を使った和菓子が店頭に数多く並んでいる。優しい乳白色をした淡雪羹、柔らかそうな翁飴、涼やかな錦玉、それに定番の羊羹と水羊羹。どれもおいしそうだ。
宝石の様な色とりどりの琥珀糖に、彼女が見入っている。笑って籠に入れた。

And the Day of……天気図記念日、全国狩猟禁止

【2月17日は天使の囁きの日】

北海道幌加内町の「天使の囁きを聴く会」が１９９４（平成６）年に制定。天使の囁きとは、空気中の水蒸気が凍ってできるダイヤモンドダストのことである。

１９７８（昭和53）年のこの日、幌加内町母子里の北大演習林で氷点下４１・２度という最低気温が記録された。

しかし、気象庁の公式記録の対象から外れていたため、１９０２（明治35）年１月25日に旭川市で記録された氷点下４１・０度が公式の日本最低気温となっている。

これをプラスイメージに変えようと、町内の若者グループが中心となり、この日ダイヤモンドダストの観察等、厳冬の一夜を体験する「天使の囁きを聴く集い」を１９８７（昭和62）年から開催している。

ふと悲しみが胸を貫いた。孤独感に打ちのめされ、寂しくて堪らなくなった。会いたくて、けれど呆れられるのが怖くて。這い寄る絶望は手足に絡みつき、心を埋め尽くす。

溜息をついた時、電話が鳴った。ただ一人だけのための着信音。

大丈夫、貴方は愛されている。天使がそう囁いた気がした。

And the Day of……千切り大根（切干大根）の日、中部国際空港開港記念日、安吾忌［小説家・坂口安吾の１９５５（昭和30）の忌日］

【2月18日はエアメールの日】

１９１１年のこの日、インドで、飛行機によって初めて郵便物が運ばれた。アラハバードで開かれていた博覧会のアトラクションとして、会場から８km離れたナイニジャンクション駅まで６０００通の手紙が運ばれた。ナイニジャンクション駅からは普通に列車で運ばれた。

何種類も見比べながら選んだ絵葉書に、溢れる思いを心を込めて書き込んでいく。どんな言葉を尽くしても書ききれない彼女への愛。少しでも、一万分の一でも、伝わるようにと思いを込めて。

結びの言葉は初めから決めている。現地スタッフに教えてもらった、この国の言葉での「愛してる」を君に。

And the Day of……嫌煙運動の日、冥王星の日、方言の日［鹿児島県大島地区］、かの子忌［作家・詩人・仏教研究家である岡本かの子の1939（昭和14）の忌日」

【2月19日は天地の日】

ポーランドの天文学者で地動説を提唱したコペルニクスの1473年の誕生日。


春先の夜はまだ冷える。寄り添いあって空を見上げた。

「北極星はどれ？」

「まずおおぐま座を探すの」

すんなりとした美しい指が、一つ一つ星座をなぞってくれる。静かな声が語ってくれる物語。夜空に浮かび上がる神話。下ろされた手を絡め取った。

「冷えてしまったね。ココアでも飲もうか」

And the Day of……万国郵便連合加盟記念日、プロレスの日、強制収容を忘れない日、瓢々忌［小説家・尾崎士郎の1964（昭和39）の忌日］

【2月20日は旅券の日】

外務省が1998（平成10）年に制定。

1878（明治11）年のこの日、「海外旅券規則」が外務省布達第1号として制定され、「旅券」という用語が日本の法令上初めて使用された。

それまでは、「御印章」「海外行免状」と呼んでいた。


旅券を捲っていた彼が、ふと微笑んでそれを差し出してきた。

「この国のスタンプ、お洒落だと思わないかい？」

時々海外出張に行く彼のパスポートには、色々な国のスタンプが押されている。大きさも色も掠れ具合も、様々の証明印。

この国は料理もおいしかったよ、君を連れていきたい。彼が笑った。

And the Day of……世界社会正義の日（World Day of Social Justice）、交通事故死ゼロを目指す日、

歌舞伎の日、普通選挙の日、アレルギーの日、尿もれ克服の日、県政発足記念日［愛媛県］、多喜二忌［プロレタリア作家・小林多喜二の１９３３（昭和８）年の忌日］、鳴雪忌（老梅忌）［俳人・内藤鳴雪の１９２６（大正15）年の忌日］

【2月21日は日刊新聞創刊の日】

1872（明治5）年のこの日、現存する中では日本初の日刊新聞『東京日日新聞』（現在の毎日新聞）が創刊した。

日本初の日刊新聞は1870（明治3）年の『横浜毎日新聞』であるが他社に吸収されているため、現存する中では最古とされている。ただし、毎日新聞は自身のことを「東京で最初の日刊紙」と表現している。


彼女が新聞を読んでいる。自分に向けられないその眼差しが不満で、隣に腰を下ろした。

「何かいいニュース、あるかい？」

ネガティブな報道が多いのは承知の上で、わざと尋ねる。意に反して、彼女は少し考えて紙を捲った。

「新しい医療技術が開発されたって」

「それはいいね」
覗き込むふりをして彼女に寄り添った。

And the Day of……国際母語デー（International Mother Language Day）、食糧管理法公布記念日、漱石の日、泰忌［俳人・上野泰の１９７３（昭和48）年の忌日］

【2月22日は猫の日】

英文学者の柳瀬尚紀氏らによる「猫の日制定委員会」が1987（昭和62）年に制定。ペットフード工業会が主催。「ニャン（2）ニャン（2）ニャン（2）」の語呂合せ。全国の愛猫家からの公募でこの日に決まった。

角を曲がって驚いた。少し先で、よく見知った姿がしゃがみこんでいる。具合でも悪いのかと駆け寄ろうとして、気がついた。彼女と向き合うように、一匹の猫がいる。

おずおずとした手つきで猫の頭を撫でる彼女。心地よさげに目を細める猫。少しむっとして歩み寄った。君に触れて貰うのは、僕の特権なのに。

And the Day of……世界友情の日、行政書士記念日、食器洗い乾燥機の日、ヘッドホンの日、おでんの日、竹島の日［島根県］、太子会［622（推古天皇30）年のこの日、聖徳太子が斑鳩宮で薨去した］、風生忌［俳人・富安風生の1979（昭和54）年の忌日］

【2月23日はふろしきの日】

京都ふろしき会が制定。

「つ（2）つ（2）み（3）」（包み）の語呂合せ。


「なあに、大風呂敷を広げて」

苦笑した彼女の手を取った。目を覗き込んで囁く。

「夢を大きく持ったっていいだろう。必ずやり遂げて、一番先に君に見せるから」

「威勢のいい事ね」

くすんと笑った彼女が、薄ら頬を染めて目を落とした。優しい小さな声で、呟く。

「期待せずに、待ってる」

And the Day of……天皇誕生日（Emperor's Birthday）、税理士記念日、富士山の日、ロータリー設立記念日、妊婦さんの日、富士見の日

【2月24日はクロスカントリーの日】

１９７７（昭和52）年のこの日、原野・森林等にコースを設定して走る競技・クロスカントリーの、統一ルールによる初めての大会がイギリスで開催された。

クロスカントリー・スキーの大会の模様をテレビが報じている。手を止めて眺めた。

注目されている選手がスタートする。白い雪原に残像が残りそうな速さで、コースを駆け抜けていく。手に汗を握った。

彼女とスキーに行ったことはないが、ウィンタースポーツも楽しいかもしれない。誘ってみようと決めた。

And the Day of……鉄道ストの日、月光仮面登場の日、南国忌〔大衆作家・直木三十五の

１９３４（昭和９）年の忌日。代表作の『南国太平記』から「南国忌」と呼ばれている］、不器男忌［27歳で夭逝した俳人・芝不器男の１９３０（昭和５）年の忌日］、丈草忌［江戸前・中期の俳人で蕉門十哲の一人・内藤丈草の１７０４（元禄17）年の忌日］

【2月25日は夕刊紙の日】

1969（昭和44）年のこの日、日本初の駅売り専門の夕刊紙『夕刊フジ』が創刊した。


「夕刊なんて珍しいね。わざわざ買ったのかい？」

指摘すると、彼女はばつの悪そうな顔をした。

「貴方が褒めていた女優が、特集に出ているというから」

つい気になってと、ぼそぼそ言い訳する彼女が可愛らしい。何といじらしい事をしてくれるのだ。

「気にしなくても、僕が好きなのは君だよ」

And the Day of……深良用水完成の日、茂吉忌［精神科医でアララギ派の歌人の斎藤茂吉の1953（昭和28）年の忌日］、道真忌［平安時代の学者・廷臣の菅原道真の

９０３（延喜３）年の忌日」

【2月26日は血液銀行開業記念日】

１９５１（昭和26）年のこの日、日本初の血液銀行・日本ブラッドバンク（後のミドリ十字。吉富製薬と合併する等して現在は田辺三菱製薬）が大阪に設立された。

血液銀行は、献血等により提供者から採取した血液を保存管理して輸血に必要な血液を確保し、必要に応じて供給する機関で、ＧＨＱの指示により設置された。翌１９５２（昭和27）年に、日本赤十字社も血液銀行を設立した。

「献血に行ったの？」

「よくわかったね」

「そこにあるのが記念品でしょう」

ああと苦笑する。いつもながら彼女は目敏い。

「体調はどう」

「なんだか逆に体が軽い感じがするよ」

新しい血を作ろうとして新陳代謝が上がる、という説もあるらしいね。笑ってみせると、彼女は目に見えてほっとした顔をした。

And the Day of……２・26事件の日、脱出の日、周遊忌［鉄道紀行作家・宮脇俊三の２００３（平成15）年の忌日。周遊忌という名前は、生前に自らつけた戒名「鉄道院周遊俊妙居士」に因む］、良忍上人忌［平安時代後期の僧で融通念仏宗の祖・良忍の法要の日］

【2月27日は冬の恋人の日】

2月14日のバレンタインデーと3月14日のホワイトデーの中間の日で、恋人同士の絆を深める日。「きづ（2）な（7）」の語呂合せでもある。

彼女と出かけるのは楽しい。二人で綺麗な景色を見て、興味深いものに感嘆して、美味しいものを食べる至福の時間。

彼女と家で過ごすのも楽しい。二人で寄り添って、色々な話をして、微笑みを交わす穏やかな心持ち。

彼女とならば何をしても幸福だから、この絆がもっと深まりますよう。そっと天に祈った。

And the Day of……女性雑誌の日

【2月28日はエッセイ記念日】

エッセイストの元祖とされるフランスのミシェル・ド・モンテーニュの１５３３年の誕生日。

女流エッセイストの著書を読む。短歌も詠む人で、古典文学の造詣が深くて勉強になる。

「伊勢物語や源氏物語の解説本も書いてる人なんだってね。読んだことあるかい？」

「一度。読みやすかった」

彼女が褒めるなら間違いないだろう。探して読んでみようと決めた。

「君は源氏物語の女性、だれが好き？」

And the Day of……世界希少・難治性疾患の日（Rare Disease Day）、ビスケットの日、バカヤローの日、織部の日、逍遥忌［小説家・演劇評論家・劇作家・英文学者の坪内逍遥の1935（昭和10）年の忌日］、利休忌（宗易忌）［茶人・千利休の1591（天正19）年の忌日］

【2月29日は閏日《うるうび》】

4年に1度（ただし400年に97日）の閏年「うるうどし」には、2月28日の翌日に閏日として29日が入る。これは、1年の日数が365日ではなく365・2422日なので、そのずれを調整する為である。西暦の年が100で割り切れ、かつ、400で割りきれない年は閏日を入れない平年になる。なお、国によっては2月24日と25日の間に閏日「2月24日」を置き、以降の日を1日ずつずらすとしている。これは、紀元前713年にローマ暦に閏日が導入された時以来の伝統であるが、日本の暦には採用されなかった。

英語では閏日のことをleap day（跳躍の日）と言う。これは、普段の年はその前年の同じ日より1つだけ曜日がずれるが、閏年の翌年は2つずれる、つまり、曜日を1つ飛び越える（leap）からである。

かつてイギリスでは、4年間のうちでこの日だけ女性から男性へのプロポーズが伝統的に公認され、男性はそれを断わることはできないとされていた。

閏年の今年しかない、特別な日。彼女が妙にもじもじしている。

「どうかしたかい？」

正面から尋ねると、彼女の肩が震えた。躊躇いがちに目を合わせてくる。

「わ、たしと……」

「うん？」

私と結婚してほしい。消え入りそうな声に耳を疑って、それから苦笑が漏れた。

「参ったな。僕が言いたかったのに」

And the Day of……ニンニクの日、富士急の日

3月（弥生）

【3月1日は切抜の日】

内外切抜通信社が制定。

１８９０（明治23）年のこの日、各種の新聞等から顧客の必要な情報だけを切抜いて提供する日本初の切抜の会社・日本諸新聞切抜通信が設立された。

彼が何やら新聞記事を切り抜いている。少し気になるが、あえて声は掛けなかった。

満足したらしい彼が鋏を置く。そして、切り抜いた記事を貼ったノートを差し出してきた。

「この書評を書いてるの、君の好きな作家だろう?」

どうぞと微笑まれて狼狽えた。ただ教えてくれるだけでよかったのに。

And the Day of……ビキニ・デー、労働組合法施行記念日、マーチの日（行進曲の日）、豚の日、デコポンの日、防災用品点検の日、三汀忌（微苦笑忌）［小説家・劇作家・俳人の久米正雄の１９５２（昭和27）年の忌日。俳号の三汀から三汀忌、久米正雄が微笑と苦笑を合わせて作った造語「微苦笑」から微苦笑忌と呼ばれる］

【3月2日はミニの日】

「ミ（3）ニ（2）」の語呂合せ。

ミニチュアや小さいものを愛そうという日。

たばこと塩の博物館へ二人で行った。灰皿や煙草盆、岩塩のほかに、ミニチュアを多く所蔵する博物館。

ちっぽけで精巧な品々。硯箱に象牙の箪笥、喫煙具。米粒ほど小さな百人一首にまじまじと見入っている彼女が可愛らしい。

「君はどの歌が好き？」

肩に触れて尋ねると、彼女は我に返ったように振り返った。

And the Day of……ミニぶたの日、中国残留孤児の日、遠山の金さんの日、亡羊忌［昭和期の詩人・村野四郎の1975（昭和50）年の忌日。詩集『亡羊記』に因み、「亡羊忌」

と呼ばれる」

【3月3日は雛祭り】

女の子の健やかな成長を願う伝統行事。女の子のいる家庭では、雛人形を飾り、白酒・菱餅・あられ・桃の花等を供えて祀る。

上巳の日には、人形に穢れを移して川や海に流していたが、その人形が次第に精巧なものになって流さずに飾っておくようになり、雛祭りとして発展していった。

雛祭りは初めは宮中や貴族の間で行われていたが、やがて武家社会でも行われるようになり、江戸時代には庶民の行事ともなった。

元々は、5月5日の端午の節句とともに男女の別なく行われていたが、江戸時代ごろから、豪華な雛人形は女の子に属するものとされ、端午の節句は菖蒲の節句とも言われることから、「尚武」にかけて男の子の節句とされるようになった。

紙人形のお雛様を飾って、桃の花を添えて。白酒、雛あられ、菱餅、甘納豆を供えて。献立はちらし寿司にはまぐりのお吸い物。

「君は右大臣みたいに、白酒を飲みすぎないようにね」

「貴方こそ」

くすくすと笑ってじゃれあう、睦まじい雛祭り。春の弥生のこの良き日に、何より嬉しい日を二人で。

And the Day of……上巳（桃の節句）、耳の日、耳かきの日、民放ラジオの日、平和の日、女のゼネストの日、金魚の日、結納の日、サルサの日、ジグソーパズルの日、三の日、三十三観音の日、桃の日、闘鶏の節句［宮中では平安時代から旧暦の3月3日に闘鶏が行われていた］、立子忌［高浜虚子の子で『玉藻』を主宰した俳人・星野立子の１９８４（昭和59）年の忌日］

【3月4日は酸蝕歯《さんしょくし》の日】

液体歯磨剤「シュミテクト」を販売するグラクソ・スミスクラインが制定。「さん（3）し（4）ょくし」の語呂合せ。

酸蝕歯とは、食物中の酸によりエナメル質が侵食された歯のことである。


冷たいものが歯に沁みた。目敏く気付いた彼女が眉を顰める。

「早く歯科医に行って」

「うーん……」

行きたくない。渋っていると、子どもでもないのにと怒られた。むっとする。

「君がついてきてくれるなら行くよ」

「いいけど」

私も定期検診の時期だものと、彼女は予約の電話をかけ始めてしまった。

And the Day of……ミシンの日、サッシの日、バウムクーヘンの日、さんしん（三線）の日、円の日、雑誌の日、赤黄男忌［俳人・富沢赤黄男の1962（昭和37）年の忌日］

【3月5日はサンゴの日】

「さん（3）ご（5）」の語呂合せと、珊瑚が3月の誕生石であることから。

珊瑚は極楽浄土を彩る七宝の一つだと、それも納得できるほどのその美しさ。色が褪せることは持ち主の健康が脅かされている予兆だとも信じられた神秘的な宝石。

鮮血のような赤色のオックスブラッド、透明感のある淡いピンク色のエンジェルスキン。どの色も彼女に似合いそうだと考えながら眺めていた。

And the Day of……ミスコンの日、スチュワーデスの日

【3月6日は世界一周記念日】

１９６７（昭和42）年のこの日、日本航空の世界一周西回り路線が営業を開始した。

それまでは日米航空協定により、日本の航空会社は世界一周路線を持てなかった。

旅行代理店で何げなく手に取ったのは、世界一周旅行のパンフレットだった。タイ、インド、トルコ、エジプト。南米のマチュピチュ遺跡にウユニ塩湖、アメリカの大都市。

意外とリーズナブルな値段だが、飛行機の苦手な彼女には酷だ。少し飛行機に慣れたら検討しようと、棚に冊子を戻した。

And the Day of……スポーツ新聞の日、弟の日、（旧）地久節・皇后誕生日［１９２７年から

１９８８年まで。香淳皇后（昭和天皇の后）の誕生日。天皇の誕生日を「天長節」と言うのに対し、皇后の誕生日は「地久節」と呼ばれた」、菊池寛忌［小説家・菊池寛の１９４８（昭和23）年の忌日］

【3月7日はメンチカツの日】

株式会社味のちぬやが制定。

関西での呼び方「ミンチカツ」から、「ミ（3）ンチ（7）」の語呂合せ。


メンチカツを二つ買ってきて、トースターで温める。温まったところで取り出して、彼女の作ってくれたサラダを添えて、味噌汁とご飯をよそって。

「チーズ入りのと普通のと、一つずつ買ったんだ。半分こしよう」

ナイフで切り分けてそれぞれの皿に半分ずつ置く。とろりとチーズが零れ落ちた。

And the Day of……消防記念日、東京消防庁開庁記念日、警察制度改正記念日、サウナ健康の日

【3月8日は赤ちゃん&こども『カット』の日】


赤ちゃん筆センターが1999(平成11)年に制定。

「さん(3)ぱつ(8)」(散髪)の語呂合せ。

赤ちゃんと子ども専用の理容室の存在をPRする日。


髪が伸びたのねと彼女が呟くので、君が切ってくれないかとねだってみた。

「どうなっても知らないから」

案外素直に引き受けてくれた彼女が鋏を取り出してくる。何となくうきうきして椅子に腰かけた。

「かっこよくしてほしいな、君が惚れ直してくれるくらい」

「子どもみたい」

そう苦笑する彼女の頬が赤かった。

And the Day of……国際女性の日（International Women's Day）、みつばちの日、エスカレーターの日、みやげの日、サワークリームの日、さやえんどうの日、ビールサーバーの日、さばの日、鯖すしの日

【3月9日は3・9デイ（ありがとうを届ける日）】

NPO法人HAPPY&THANKSが制定。

「サン（3）キュー（9）」（Thank you）の語呂合せで、感謝を伝え合う日。

「いつもありがとう」

「なあに、急に」

面映ゆそうにした彼女がこちらこそと呟く。抱きよせて頬に軽く口づけた。赤く染まる頬を指先で擽る。

「君がいてくれるから、僕は幸せなんだよ。君が僕の世界を光で満たしてくれる。君がいてくれるから、もう寂しくない」

君に、君の全存在に、感謝を。

And the Day of ……記念切手記念日、関門国道トンネル開通記念日、雑穀の日、酢酸の日、緑の

供養日、感謝の日、佐久ケーキ記念日、バービーの誕生日

【3月10日はミントの日】

カネボウフーズが２０００（平成12）年に制定。

「ミ（３）ント（10）」の語呂合せと、３月がフレッシュなイメージであることから。


広告と一緒にもらったと言って、彼女がミントタブレットをくれた。

「君はいいのかい?」

「あまり好きじゃないから」

ならばと遠慮なく貰っておく。代わりに何か渡せるものがないかと考え、戸棚からチョコレートの袋を出して手渡す。だが何故か怒られた。

「そんなにたくさん、釣り合わないでしょう！」

And the Day of……東京都平和の日、農山漁村婦人の日、東海道・山陽新幹線全通記念日、佐渡

の日、横浜三塔の日、水戸の日、砂糖の日、サボテンの日、金子みすゞ忌［童謡詩人、金子みすゞの1930（昭和5）年の忌日］

【3月11日はコラムの日】

1751年のこの日、イギリスの新聞『ロンドン・アドバイザー・リテラリー・ガゼット』が、世界初のコラムの連載を始めた。

何気なく手に取った新聞のコラムに目を引かれた。彼女の気に入っている作家が書いている。

切り抜いて見せよう。いそいそと立ち上がって、鋏と糊に手を伸ばした。

これから数回連載するようだから、纏めて手作りの冊子にしよう。台紙は色画用紙にしよう。縁取りもしよう。工作気分で楽しかった。

And the Day of……パンダ発見の日、宋淵忌［禅僧・俳人の中川宋淵の1984（昭和59）年の忌日］

【3月12日は財布の日】

「さ（3）い（1）ふ（2）」の語呂合せ。


「良い財布を見つけたから新調したんだ」

「良かったね」

微笑んでくれるので嬉しくなる。

「張る財布、でお金が貯まるんだって」

「節約習慣次第でしょう」

「まあね」

答えながらタイミングを計る。怪訝な顔をされた。

「どうしたの」

実は君のも買ったんだと明かしたなら、無駄遣いと怒るだろうか。

And the Day of……世界反サイバー検閲デー、サンデーホリデーの日（半ドンの日）、モスの日、スイーツの日、菜の花忌［昭和前期の詩人・伊東静雄の１９５３（昭和28）年の忌日。季節の花に因み菜の花忌と呼ばれる］

【3月13日はサンドイッチデー】

1が3で挟まれている（サンド1＝サンドイッチ）ことから。

この日とは別に、サンドウィッチの生みの親とされるイギリスのサンドウィッチ伯爵の誕生日・11月3日が「サンドウィッチの日」となっている。

明日は天気がいいらしいからピクニックに行こうよ、お弁当を持って。はしゃいだ声で提案されれば否やはない。

朝少し早く起きて、二人でサンドイッチを作る。プチトマト、ピクルス、果物も詰めて、家を出た。

「どこに行くの」

「少し足を伸ばそうか」

花を見たいねと、彼が笑った。

And the Day of……新選組の日、青函トンネル開業記念日、漁業法記念日

【3月14日はホワイトデー】

2月14日のバレンタインデーにチョコレートを贈られた男性が、返礼のプレゼントをする日。バレンタインデーのチョコレートに対しキャンディーやマシュマロをお返しするのが一般的になっている。

日本でバレンタインデーが定着するにしたがって、若い世代の間でそれにお返しをしようという風潮が生まれた。これを受けたお菓子業界では昭和50年代に入ってから、個々に独自の日を定めて、マシュマロやクッキー、キャンディー等を「お返しの贈り物」として宣伝販売するようになった。

この動きをキャンディーの販売促進に結びつけ、全国飴菓子工業協同組合（全飴協）関東地区部会が「ホワイトデー」として催事化した。そして1978（昭和53）年、全飴協の総会で「キャンディーを贈る日」として制定され、2年の準備期間を経て1980（昭和55）年に第1回のホワイトデーが開催された。

ホワイトデーを3月14日に定めたのは、２６９年2月14日、兵士の自由結婚禁止政策にそむいて結婚しようとした男女を救う為、バレンタイン司教が殉教し、その一箇月後の３月14日に、その二人は改めて永遠の愛を誓い合ったと言われていることに由来する。


「なあに、これ」

「バレンタインのお返しだよ」

開けてみて、と促すと、彼女はおずおずと包みを開いた。中身を見て、息を飲む。

「気に入ってくれたかな？」

ショーケースの中に見つけた時、何と彼女にぴったりなのだろうと感嘆したお菓子。空から舞い降りた星のよう。

「……勿体無くて、食べられない」

And the Day of ……キャンディーの日、マシュマロデー、数学の日、円周率の日、パイの日、美白の日、国民融和日、国際結婚の日、エストニア語の日［エストニア語による最初の詩人とされるクリスチャン・ヨーク・ペテルソンの１８０１年の誕生日］、元麿忌［詩人・千家元麿の１９４８（昭和23）年の忌日］

【3月15日は靴の記念日】

日本靴連盟が1932（昭和7）年に制定。

1870（明治3）年のこの日、西村勝三が、東京・築地入船町に日本初の西洋靴の工場「伊勢勝造靴場」を開設した。

陸軍の創始者・大村益次郎の提案によるもので、輸入された軍靴が大きすぎたため、日本人の足に合う靴を作る為に開設された。


「靴を新調したの？」

気づいてもらえて嬉しくなった。彼女は本当に目敏い。

「すごく歩きやすい靴なんだよ。君も買い換えるとき、その店でどうかな」

「そうね」

興味を持って貰えてますます嬉しい。いつ行こうかとうきうき問うと、まだいいと苦笑された。でも、彼女と買い物に行きたいのだ。

And the Day of……世界消費者権利デー、万国博デー、オリーブの日、涅槃会［仏教の祖・釈迦が亡くなったとされる釈迦入滅の日］

【3月16日は十六団子】


田の神が山から戻ってくるとされる日で、東北地方の各地で団子を16個供えて神を迎える行事が行われる。

10月16日には、神が山へ帰る日として同じように団子を供える。


今日は山の神が里に降りてきて田の神になる日。農村では団子を16個作って供えるという。

「折角だから作ろうよ。上新粉も買ってきたよ」

「用意のいい事ね」

苦笑する彼女の手を引いて台所へ移動する。水を汲もうとすると、何故か止められた。

「豆腐で作った方が柔らかさが保てるの」

And the Day of……国立公園指定記念日、財務の日

【3月17日は漫画週刊誌の日】

１９５９（昭和34）年のこの日、日本初の少年向け週刊誌『少年マガジン』『少年サンデー』が発刊された。

当時は読み物が中心で、漫画は少ししか載ってなかった。


置きっぱなしだった漫画週刊誌に、彼女が怪訝そうな顔をした。

「珍しいのね」

「昔好きだった小説のコミカライズが連載してるらしいんだ。ちょっと買ってみたよ」

隠す理由もないので正直に答える。納得したように彼女が頷いた。

「気に入った？」

「そうだね、懐かしかったよ。読んでみるかい？」

And the Day of……聖パトリックの祝日（緑の日）、月斗忌［俳人・青木月斗の１９４９（昭和24）年の忌日］、薔薇忌［小説家・評論家の塩月赳の１９４８（昭和23）年の忌日。評論集『薔薇の世紀』から薔薇忌と呼ばれる］

【3月18日は精霊の日】

柿本人麻呂、和泉式部、小野小町の３人の忌日がこの日であると伝えられていることから。


二人で野を歩く。色とりどりの花の咲き乱れる小道。ふと彼女が歩みを止めたので、立ち止まった。

「疲れたかい？」

「ううん」

この花は貴方に似てる。そう呟いて、彼女が跪いて足元の花に触れた。鮮やかな赤の花。

花に触れて微笑む彼女はまるで一枚の絵画、花の精霊。その美しさに見惚れた。

And the Day of……点字ブロックの日、明治村開村記念日、人丸忌（人麿忌）［歌人・柿本人麻呂の忌日］、小町忌［平安時代の歌人・小野小町の忌日］

【3月19日はミュージックの日】

音楽関係者の労働団体・日本音楽家ユニオンが１９９１（平成３）年に制定。「ミュー（３）ジック（19）」の語呂合せ。日本の音楽文化と音楽家の現状について広く理解を求め、その改善の為の支持を得ようと、全国各地でさまざまな活動が行われる。

流行歌がラジオから流れている。男性ユニットが明るい声で歌い上げるラブソング。

僕には君だけ、君しか見えない、君に夢中だよ。蕩けるような甘い言葉が気恥ずかしくて苦笑した。

「君は平気そうだね」

「貴方の言葉の方が明け透けだもの」

そうかなあと首を傾げた。そんな事はないと思うのだが。

And the Day of……立庁記念日［神奈川県］

【3月20日は電卓の日】

日本事務機械工業会（現 ビジネス機械・情報システム産業協会）が1974（昭和49）年に、日本の電卓生産数が世界一になったことを記念して制定。

1964（昭和39）年3月18日にシャープが国産初の電卓を発売したことを記念し、記念日は覚えやすいように3月20日とした。

電卓を叩いて何やら彼が計算している。頃合いを見計らって珈琲のカップを置いた。

「ありがとう」

「済んだの？」

「いや。でも休憩するよ」

カップに口をつけた彼が美味しいと微笑んでくれる。ふわりと温かくなる心。

「もうすぐ終わるよ。そうしたら散歩に出ようか」
嬉しい誘いに頷いた。

And the Day of……上野動物園開園記念日、サブレの日、ＬＰレコードの日

【3月21日は世界詩歌記念日 (World Poetry Day)】

ユネスコが1999年に制定。世界全体で詩歌に関する活動を増進させることを目的としている。

ふと見たソファに、自分のものではない詩集が置かれていた。彼女の忘れ物だろうか。

今度来てくれた時に返そう。思いながら拾い上げると、はらりと紙片が落ちた。

反射的に拾い上げて目を走らせる。見間違えようもない彼女の筆跡で、ただ一言書かれているのは。

『永遠の愛と尊敬を、貴方に』

And the Day of……国際人種差別撤廃デー (International Day for the Elimination of Racial

Discrimination)、世界ダウン症の日（World Down Syndrome Day)、教育の自由の日(Education Freedom Day)、ランドセルの日、催眠術の日、カラー映画の日、ツイッター誕生日、弘法大師忌（空海忌、御影供）［真言宗の開祖・空海が８３５年４月22日（承和２年３月21日）に高野山・奥の院で入寂した日。真言宗では「御影供」と呼ばれる］、和泉式部忌［平安中期の歌人・和泉式部の忌日］

【3月22日は世界水の日―地球と水を考える日（World Day for Water)】

１９９２（平成４）年の国連総会で決定し、翌１９９３（平成５）年から実施。国際デーの一つ。

地球的な視点から水の大切さ、貴重さを世界中の人々がともに見詰め直す日。日本では、８月１日が「水の日」となっているので、この日は「地球と水を考える日」としている。

喉が渇いてごくごくと水を飲んでいると、彼女に眉を顰められた。

「体を冷やすわ。少し待って」

薬缶に水を汲んでお湯をわかし始めてくれるのが愛しい。嬉しくなって覗き込むと、彼女が振り返った。

「何がいい？」

「紅茶がいいな。君が淹れてくれると美味しいんだ」

ついでにおやつの時間にしようか。

And the Day of……放送記念日

【3月23日は世界気象デー（World Meteorological Day）】

世界気象機関（ＷＭＯ）が、発足10周年を記念して１９６０（昭和35）年に制定。国際デーの一つ。

１９５０（昭和25）年のこの日、世界気象機関条約が発効し、ＷＭＯが発足した。

ＷＭＯは、加盟諸国の気象観測通報の調整、気象観測や気象資料の交換を行っている世界組織である。日本は１９５３（昭和28）年に加盟した。

テレビの天気予報を見る。爆弾低気圧がやってくるらしい。

困ったなと思う。彼女は気圧の変化に弱いから、体調を崩してしまうかもしれない。

幸い休日だから、出かけるのはやめて家にいよう。ゆっくり朝寝して、栄養をつけて、昼寝もして、早めに入浴して、のんびり過ごそう。心に決めた。

【3月24日はホスピタリティ・デー】

日本ホスピタリティ研究会（当時）が１９９４（平成６）年に制定。

数理学的に、３は新しいものを創り出すエネルギー・創造・自己表現等を、２は調和とバランス・思いやり・協力・理解力・人間関係を象徴し、４は全体をつくりあげる基礎を表わす数とされ、３・２・４はホスピタリティに関連性の高い要素が多く含まれていることから。

思いやりのある社会を築く為に、ホスピタリティを意識的に実践する日。


いつもとは逆に、彼女の家に招いてもらった。少し高揚しながら上がりこむ。丁寧に淹れてくれたお茶、丁寧に選んでくれたらしい食器と茶菓子。心のこもったもてなし。だが彼女も少し緊張しているのか、少しぎこちない。

お茶を淹れ替えに立とうとした彼女を捕まえて、腕の中に閉じ込めた。

And the Day of……世界結核デー（World Tuberculosis Day）、マネキン記念日、連子鯛の日、壇ノ浦の戦いの日、人力車発祥の日（日本橋人力車の日）、檸檬忌［作家・梶井基次郎の1932（昭和7）年の忌日。代表作の『檸檬』から檸檬忌と呼ばれる］、牧野信一忌［大正・昭和期の小説家・牧野信一の1936（昭和11）年の忌日］

【3月25日は散歩にゴーの日】

ユニチャームが2010年に、同社の高齢者向けの転倒時の怪我防止ガードルのPRのために制定。「さんぽ（3）に（2）ごー（5）」の語呂合せ。

麗らかな春の日、二人で散歩に出た。優しく色づいた街を歩く。降り注ぐ日差し、甘く香る風、そこここに咲き乱れる花々。美しく生命力に満ちた季節。

「いい季節になったね」

「そうね」

八分咲きほどの桜の木の下でふと立ち止まってみる。はらりと散る花弁、美しい人。世界は完璧だった。

And the Day of……電気記念日、拘留中または行方不明のスタッフと連帯する国際デー（International Day of Solidarity with Detained and Missing Staff Members）、奴隷及び大西洋間奴隷貿易犠牲者追悼国際デー（International Day of Remembrance of the Victims of Slavery and the Transatlantic Slave Trade）、ドラマチック・デー、聖母マリアの受胎告知の祝日（Lady day）、蓮如忌［浄土真宗中興の祖・蓮如上人の１４９９（明応８）年の忌日］

【3月26日はカチューシャの歌の日】

1914(大正3)年のこの日、島村抱月と松井須磨子が起こした芸術座が、トルストイの『復活』の初演を行った。この中で歌われた「カチューシャの歌」が大流行した。

先についてくれていた彼女に駆け寄って、おやと思う。珍しくカチューシャを付けている。

「可愛いね。似合ってるよ」

思ったまま告げると、淡く頬を染めてありがとうと呟く。本当に彼女は可愛らしい。

「じゃあ行こうか」

手を差し伸べるとおずおずと手を取ってくれる。いつかは腕を組んで歩きたいね。

And the Day of……楽聖忌［1827年のこの日、ドイツの作曲家ベートーベンがウィーンの自宅で亡くなった。多くの交響曲を作曲し、「楽聖」と呼ばれた］、犀星忌［小説家・詩人の室生犀星の1962（昭和37）年の忌日］、鉄幹忌［歌人・詩人で与謝野晶子の夫の与謝野鉄幹の1935（昭和10）年の忌日］

【3月27日はさくらの日】


日本さくらの会が1992(平成4)年に制定。

3×9(さくら)=27の語呂合せと、七十二候のひとつ「桜始開」が重なる時期であることから。

日本の歴史や文化、風土と深くかかわってきた桜を通して、日本の自然や文化について関心を深める日。


はらりと目の前を花弁が散り落ちるので、思わず手を伸ばした。けれど薄紅のそれは、軽やかに逃げてしまう。

「子供みたいね」

「捕まえられたら願いが叶うらしいよ」

くすりと笑われるのが悔しくて言い返す。彼女は首を傾げた。

「叶えたい願いがあるの?」

それで気づく。望むものなど、何もない。

And the Day of……世界演劇の日（World Theatre Day）、京都表千家利休忌、赤彦忌［歌人・島木赤彦の1926（大正15）年の忌日］

【3月28日はシルクロードの日】

　１９００年のこの日、スウェーデンの探検家・地理学者のスウェン・ヘディンによって、廃虚になっていたシルクロードの古代都市・楼蘭が発見された。


　彼女が贈ってくれたのはシルクのハンカチ。滑らかな手触りと優しい光沢。

「素敵だね。大事にするよ、どうもありがとう」

　礼を言うとほっとしたように息を吐く。優しく抱き寄せて唇を寄せながら、何をお返しにしようかと考えを巡らせた。

「離、して」

「嫌だよ」

　可愛い君を手離す筈がない。

And the Day of……スリーマイル島の日、三つ葉の日、三ツ矢サイダーの日、京都裏千家利休忌、宗因忌［江戸前期の連歌師・俳人の西山宗因の１６８２（天和２）年の忌日］、鑑三忌［明治、大正時代のキリスト教指導者で評論家の内村鑑三の１９３０（昭和５）年の忌日］、邂逅忌［小説家・椎名麟三の１９７３（昭和48）年の忌日。長編作品『邂逅』から邂逅忌と呼ばれる］

【3月29日はマリモ記念日】

１９５２（昭和27）年のこの日、北海道阿寒湖のマリモが国の特別天然記念物に指定された。

同時に、富山湾のホタルイカ群遊海面、鹿児島県出水市のナベヅル、高知のオナガドリ等も国の特別天然記念物に指定された。


彼の家にはスノードームがある。作り物の小さなマリモがころころと転がる愛らしい品。まじまじと見ていると、彼が笑った。

「触ってご覧よ」

促されておずおずと手に取る。ひっくり返して、また戻して。小さな家に雪が降り注ぐ。

「お土産で貰ったんだ。いつか君とお揃いで持ちたいな」

彼が微笑んだ。

And the Day of……八百屋お七の日、作業服の日、立原道造忌［詩人・立原道造の１９３９（昭和14）年の忌日］

【3月30日は国立競技場落成記念日】

１９５８（昭和33）年のこの日、神宮外苑に国立霞ヶ丘陸上競技場が完成した。

敷地面積は２２０００坪で約５８０００人の収容能力を持ち、１９６４（昭和39）年には東京オリンピックの開閉会式の会場になった。

二人でスポーツ観戦に行った。スタジアムに着くと、かなり人で賑わっている。

雰囲気に飲まれている彼女の手を取った。赤くなって振り払おうとされるが、離さない。

「逸れたら困るだろう？」

「手なんて繋がなくても逸れない！」

耳を貸さずにさっさと歩き出した。文句は後で聞くよ。

【3月31日はエッフェル塔落成記念日】

１８８９年のこの日、エッフェル塔の落成式が行われた。

パリのシャン・ド・マルスの広場に立つ鉄塔で、高さは約３２０ｍ。パリ万博に合わせて建設され、フランス人技師エッフェルが設計した。


「モーパッサンの話を知っている？」

会話が途切れた時、ふと彼女が問いかけた。

「何だい？」

「エッフェル塔を嫌いすぎて、パリ中で唯一エッフェル塔を見ずに済むエッフェル塔に通い詰めた人」

一瞬唖然として、それから涙が出るほど笑った。何より、彼女がそんな気軽な話をしてくれたのが嬉しくて。

And the Day of……オーケストラの日、教育基本法・学校教育法公布記念日、会計年度末、学年度末

4月（卯月）

【4月1日はエイプリルフール、万愚節】

罪のない嘘をついて良いとされる日。日本では「四月馬鹿」とも呼ばれる。その昔、ヨーロッパでは3月25日を新年とし、4月1日まで春の祭りを開催していたが、1564年にフランスのシャルル9世が1月1日を新年とする暦を採用した。これに反発した人々が4月1日を「嘘の新年」として位置づけ、馬鹿騒ぎをするようになったのがエイプリルフールの始まりとされている。

また、インドでは悟りの修行は春分の日から3月末まで行われていたが、すぐに迷いが生じることから、4月1日を「揶揄節」と呼んでからかったことによるとする説もある。

エイプリルフールなので、彼女に嘘を吐いてみることにした。

「アイルランドで妖精が捕まったんだって」

「耳が遅いのね」

「え!?」

さらりと答えられて狼狽える。まさか本当に?

と、彼女が顔を背けて肩を震わせ始めた。理解が追いついて顔が熱くなる。

「やってくれたね」

嘘つきな唇を軽く抓った。

And the Day of……新学年、入社式、新会計年度、トレーニングの日、不動産表示登記の日、不動産鑑定評価の日、児童福祉法記念日、売春防止法施行記念日、オンライントレードの日、ストラップの日、綿抜、親鸞聖人誕生会［浄土真宗の宗祖・親鸞聖人の1173（承安3）年の誕生日］、三鬼忌、西東忌［新興俳句運動の旗手・西東三鬼の1962（昭和37）年の忌日］

【4月2日はこどもの本の日】

子どもと本の出会いの会が制定。

デンマークの童話作家・アンデルセンの誕生日。


本屋でふと手に取ったのは、昔読んだ児童文学。ぱらぱらと捲ると記憶が鮮やかに蘇ってくる。喋る動物、壮大な冒険、伝説の秘宝。胸ときめかせた物語。

「懐かしい本」

「君も知ってる？」

隣に来た彼女の呟きに嬉しくなる。

「君はどのキャラクターが好きだった？」

君が幼かった頃の事を、僕にも教えて。

And the Day of……国際こどもの本の日（International Children's Book Day)、週刊誌の日、図書館

開設記念日、世界自閉症啓発デー（World Autism Awareness Day）、五百円札発行記念日、歯列矯正の日、CO_2削減の日、光太郎忌、蓮翹忌［詩人・歌人・彫刻家の高村光太郎の１９５６（昭和31）年の忌日。アトリエの庭に咲く連翹の花を大変愛していたことから連翹忌とも呼ばれる］

【4月3日は愛林日】

１９３４（昭和9）年から実施。

１８９５（明治28）年に来日したノースロップ博士が講演で「愛林日(Arbor Day)」の精神を説き、１８９８（明治31）年、本多静六林学博士の提唱により神武天皇祭の4月3日が「植栽日」となった。１９３３（昭和8）年に大日本山林会会長・和田国次郎、農林次官・石黒忠篤らにより、4月2日から4日までの3日間を「愛林日」として、全国一斉に愛林行事を催すことが提唱され、翌年、日本初の中央植樹行事が茨城県の「鬼が作国有林」で行われた。この中央植樹行事は現在「全国植樹祭」となっている。

木立を二人で散策する。鳥の声の聞こえる、長閑な春の日。木々の合間から差し込む光が彼女の髪を艶やかに輝かせている。暖かく柔らかな春の空気。木々の合間から空を透かし見れば、薄絹のような雲を纏った青空。

なんと美しく平穏な日。この幸せがずっと続くようにと、祈りながら彼女の手を取った。

And the Day of……日本橋開通記念日、いんげん豆の日、ペルー日本友好の日、みずの日、シーサーの日、資産運用の日、葉酸の日、シミ対策の日、趣味の日、(旧)神武天皇祭、隠元忌［日本黄檗宗の開祖・隠元禅師の1673（寛文13）年の忌日］

【4月4日はどらやきの日】

米子市の丸京製菓が制定。

「桃の節句」と「端午の節句」に「はさまれた」日であることと、「みんなで食べて、みんなで幸せ（4合わせ）」の語呂合せから。

和菓子屋で買ってきたどら焼き、彼女が丁寧に淹れてくれた緑茶。楽しいおやつの準備が整った。

「求肥入りと桜あんがあるんだ。どっちがいい？」

「先に選んで」

「いいから」

押し問答の末、彼女が一つ取った。と思えば、綺麗に二つに割って差し出してくる。

「半分ずつにしましょう」

それもそうだね。

And the Day of……地雷に関する啓発および地雷除去支援のための国際デー（International Day for Mine Awareness and Assistance in Mine Action）、交通反戦デー、トランスジェンダーの日、ピアノ調律の日、沖縄県誕生の日、あんぱんの日、ヨーヨーの日、獅子の日、写真シールの日

【4月5日はヘアカットの日】

1872(明治5)年のこの日、東京府が女子の断髪禁止令を出した。

前年に散髪、脱刀が許可されたが、これを受けて断髪をする女性が続出したため、「男性に限って許可した断髪を女性が真似てはならない」とする禁止令を発布した。


「髪を切ったの?」

「分かるかい?」

気づいてもらえて嬉しくなる。

「君は切ったりしないのかい?」

「貴方が短い方が好きなら、切ってみるけど」

「いや、ちょっと気になっただけだよ」

抱き寄せて髪を指先で梳く。指通りのいい美しい髪。掬い上げて口付けた。

「こんなに綺麗な髪を切るのは、惜しい気もするね」

And the Day of……横町の日、デビューの日、小笠原返還記念日、達治忌［詩人・翻訳家の三好達治の１９６４（昭和39）年の忌日］

【4月6日は新聞をヨム日】

日本新聞協会販売委員会が２００３（平成15）年に制定。

四（よ）六（む）で「読む」の語呂合せ。

４月は転勤や入学等で住まいを移す人が多いことから、「これを機会に新聞を読み始めませんか」というキャンペーンが行われる。


新聞を読んでいる彼の傍に珈琲を置くと、顔をあげた彼が微笑んでくれた。

「ありがとう」

「ううん」

新聞を置いた彼がカップを取りながら、屈託無く話し出した。

「忘れてたけどね、面白そうな美術展がもう始まってるみたいなんだ。今度二人で行こうよ」

いつがいいかいと、彼が声を弾ませた。

And the Day of……しろ（城）の日、北極の日、コンビーフの日、白の日

【4月7日は世界保健デー（World Health Day）】

世界保健機関（ＷＨＯ）が１９４９年に制定。国際デーの一つ。

１９４８年のこの日、世界保健機関が発足した。

ＷＨＯは、世界保健機関憲章によって設立された国連の機関である。すべての人々が可能な最高の健康水準に到達することを目的としている。


健康に生活するための心得は、バランスの良い食事、早寝早起き、適度な運動。だが彼女から見るとまだまだ改善の余地があるらしい。

「野菜が少ないわ。昨日のメールの時間が遅すぎる。それに……」

「分かってる。運動不足だって言いたいんだろう？」

だから、君も散歩に付き合ってくれるかい？

And the Day of……１９９４年のルワンダにおけるジェノサイドを考える国際デー（International

Day of Reflection on the Genocide in Rwanda)、農林水産省創立記念日、タイヤゲージの日、労務管理の日、(旧)世界禁煙デー、放哉忌〔俳人・尾崎放哉の1926(昭和元)年の忌日〕

【4月8日は折り紙供養の日】

折り紙作家の河合豊彰さんが提唱。

花祭りの4月8日と達磨忌の10月5日の年2回。


裏紙で手早く箱を折った。彼女の教えてくれた折り方。

「器用ですね。折り紙がお好きなんですか？」

後輩が話しかけてくる。なんだか嬉しくなった。

「詳しくないけどこれは折れるんだ。恋人が教えてくれてね」

「ああ、いつものかたですか」

くすくすと後輩が笑う。そんなにいつも話しているだろうか。

And the Day of……潅仏会（花祭り、仏生会、浴仏会）、世界ロマの日、忠犬ハチ公の日、参考書の日、タイヤの日、指圧の日、出発の日、シワ対策の日、ヴィーナスの日、虚子忌、椿寿忌［俳人・小説家の高浜虚子の１９５９（昭和34）年の忌日。椿を愛し、法名を虚子庵高吟椿寿居士ということから、椿寿忌とも呼ばれる］、佳桜忌［アイドル歌手・岡田有希子の１９８６（昭和61）年の忌日。桜の咲く時期であることと本名の佳代から佳桜忌と呼ばれる］

【4月9日は美術展の日】

１６６７年のこの日、パリで世界初の美術展が開催された。

美術館に二人で行った。花をよく描いたとある画家の作品を集めた展覧会。色取り取りの花々が優しい色使いで描かれている。花瓶に挿した花、庭先に咲く花、枯野に密やかに咲く花。

花を抱えた乙女の肖像画の前で足を止めた。青を基調とした花束は彼女にも似合いそうだ。理由をつけて花を贈ろうと決めた。

And the Day of……大仏の日、左官の日、反核燃の日、食と野菜ソムリエの日、子宮頸がんを予防する日

【4月10日は建具の日】

日本建具組合連合会が1985（昭和60）年に制定。

四（よ）十（と）で「良い戸」の語呂合せ。


戸の建て付けが悪くなっていたので、部品を買ってきて自分で修理をした。スムーズに開閉するようになって満足する。

「自分で修理したの？」

「まあね。意外と簡単だったよ」

君の家も何かあったら僕が直すよ。うきうき提案すると苦笑された。確かに彼女なら自分で直せるかもしれないけれど。

And the Day of……女性の日（婦人の日）、婦人参政記念日、交通事故死ゼロを目指す日、駅弁の日、インテリアを考える日、ヨットの日、教科書の日、四万十の日、ステンレス

ボトルの日、仕入れの日、瀬戸大橋開通記念日

【4月11日はガッツポーズの日】

１９７４（昭和49）年のこの日、ボクシングWBCライト級タイトルマッチで、ガッツ石松がチャンピオンのロドルフォ・ゴンザレスに勝利した。その時両手を挙げて喜びを表わした姿を新聞記者が「ガッツポーズ」と表現したのが、ガッツポーズという言葉が広まるきっかけとなったと言われている。


思わずガッツポーズしたくなった。彼女に怪訝そうに見られる。

「どうしたの」

「何でもないよ」

努めて自然に笑って彼女の髪を撫でる。少し頬を染めた彼女が大人しく身を任せてくれるのが嬉しい。

「貴方の手は、安心する」

ぽつりと呟くのが愛おしい。僕も君に触れるのは、とても幸せだよ。

And the Day of……メートル法公布記念日、中央線開業記念日

【4月12日はパンの記念日】

パン食普及協議会が1983（昭和58）年3月に制定。

1842（天保13）年旧暦4月12日、伊豆韮山代官の江川太郎左衛門英龍が軍用携帯食糧として乾パンを作った。これが日本で初めて焼かれたパンと言われている。

また、毎月12日を「パンの日」としている。


買ってきたばかりの焼きたてパンを食卓において、珍しく寝過ごしている彼女を起こしに行った。昨夜二人で遅い時間までテレビを見ていたからかもしれない。

「おはよう、朝だよ、起き……」

布団をめくって驚いた。眠っているかと思った彼女が、不機嫌そうに見上げている。

「どうしたんだい？」

「……貴方が、勝手にいなくなるから」

And the Day of……世界宇宙飛行の日、東京大学創立記念日、子どもを紫外線から守る日

【4月13日は喫茶店の日】

1888（明治21）年のこの日、東京・上野に日本初の喫茶店「可否茶館」が開業した。

1階がビリヤード場、2階が喫茶室の2階建て洋館で、1杯2銭の牛乳よりも安い1銭5厘で提供していたが、5年で閉店した。


ラテアートの施されたカップを前に、彼女が固まっている。初めて見るそれに理解が追いついていないらしい。

可愛らしく思いながら先に口をつける。それで我に返った彼女も、おずおずと一口飲んだ。

模様の崩れてしまったカップを見下ろした彼女が悲しそうな顔をする。練習して家でも作って見せようと決意した。

And the Day of……決闘の日、水産デー、浄水器の日、啄木忌［歌人・石川啄木の1912（明治45）年の忌日］

【4月14日はオレンジデー】


愛媛県の柑橘類生産農家が１９９４（平成６）年に制定。

２月14日の「バレンタインデー」で愛を告白し、３月14日の「ホワイトデー」でその返礼をした後で、その二人の愛情を確かなものとする日。オレンジ（またはオレンジ色のプレゼント）を持って相手を訪問する。

欧米では、オレンジが多産であることから繁栄のシンボルとされ、花嫁がオレンジの花を飾る風習があり、オレンジは結婚と関係の深いものとなっている。


「はい」

「なあに、これ」

橙色の包みを押し付けられて狼狽えた。彼は邪気のない顔でにこにこする。

「愛が続くおまじないだよ。４月14日に、オレンジ色の物を贈るんだ」

「私は、何も……」

「いいから、今は開けてみて」
後で蜜柑を僕のために剥いてほしいなと、太陽のように彼が笑った。

And the Day of……パートナーデー、タイタニック号の日、柔道整復の日、フレンドリーデー、良い年の日、椅子の日

【4月15日は京和装小物の日】

京都半襟風呂敷和装卸協同組合が制定。

1月15日が同協会が制定する「半襟の日」であり、4月は桜柄などを採り入れた京和装小物の新作発表が行われることから。


扇子を買ったんだ。嬉しそうに彼が見せたのは、春らしい桜柄の洒落た扇子。繊細な作りながら丈夫そうな品。

「良かったね」

「最近は夏日も多いからね。早速使ってるよ」

にこにこ言った彼に手を取られた。怪訝に思っていると、何かを握らされる。

「これは君のだからね、ちゃんと使うんだよ」

And the Day of……世界医学検査デー（World-wide Biomedical Laboratory Science Day）、ヘリコプ

ターの日、象供養の日、遺言の日、ジャッキー・ロビンソンの日、東京ディズニーランド開園記念日、阿国忌［阿国歌舞伎の創始者・歌舞伎芝居の祖の出雲の阿国の忌日］、梅若忌［謡曲や浄瑠璃の『隅田川』の題材となっている、吉田少将惟房の子・梅若丸が９７６（天延４）年に12歳で亡くなった日］

【4月16日はボーイズビーアンビシャスデー】

1877（明治10）年のこの日、札幌農学校（現在の北海道大学農学部）の基礎を築いた教頭・クラーク博士が、「Boys, be ambitious.（少年よ、大志を抱け）」という有名な言葉を残して北海道を去った。


「君には夢はある？」

ふと尋ねると、彼女は瞬いた。

「夢？」

「こうなりたいとか、これがしたいとか」

彼女は困った顔をした。堅実に日々を生きている彼女のこと、大それた夢など持った事もないのか。

「貴方はあるの」

「あるよ」

ずっと彼女と共にありたい、寄り添いあって暮らしたい。それはささやかだが大きな夢。

And the Day of……foursquareの日、チャップリンデー、女子マラソンの日、康成忌［小説家・川端康成の１９７２（昭和47）年の忌日］

【4月17日は恐竜の日】

1923年のこの日、アメリカの動物学者ロイ・チャップマン・アンドルーズがゴビ砂漠へ向けて北京を出発した。その後5年間に及ぶ旅行中に、恐竜の卵の化石を世界で初めて発見し、その後の本格的な恐竜研究の始まりになった。


博物館の恐竜展に二人で行った。模型や化石の間を歩き回る。大きな恐竜の全身骨格を見上げる。その皮膚はどんな色をしていたのだろう。どんな色の瞳をしていたのだろう。わくわくする。

「君は好きな恐竜っている?」

「マイアサウラが好き」

子育てをしたとされる恐竜か。確かに彼女が好きそうだ。

And the Day of……世界へモフィリアデー（世界血友病の日）、職安記念日（ハローワークの日）、なすび記念日、飯田・下伊那の日、五平もち記念日、家康忌［徳川家康の1616（元和2）年の忌日］

【4月18日は発明の日】

発明協会が１９５４（昭和29）年に制定。

１８８５（明治18）年のこの日、現在の「特許法」の元となる「専売特許条例」が公布された。


今年はなんとしてでも発明しようと思うんだ。彼が言い出した。

「何を」

「君を笑顔にさせる方法をね」

必ず見つけてみせるよ。頬を擽ぐられて、思わず笑った。笑顔になる彼に指を絡ませる。

「貴方はばかね」

「そうかい？」

方法など見つけなくとも、自分は彼がいてくれるだけで心から笑えるのに。

And the Day of……世界アマチュア無線の日、よい歯の日、ウッドデッキの日、お香の日、ガーベラ記念日、よいお肌の日、県民の日［三重県］

【4月19日は地図の日（最初の一歩の日）】

１８００（寛政12）年旧暦閏４月19日、伊能忠敬が蝦夷地の測量に出発した。

駅前の案内地図を二人で覗き込む。目的の美術館へは大通り沿いに行けば着くようだ。

「こっちだね。行こうか」

手を引いて歩き出すと狼狽えた声。構わず足を進める。

「ちょっと、手を離して！」

「嫌だよ」

文句など聞いてやらない。こんな天気のいい日、手も繋がず歩くなんて勿体ないではないか。

【4月20日は郵政記念日】

逓信省（現在の日本郵政グループ）が１９３４（昭和９）年に「逓信記念日」として制定。逓信省が郵政省・電気通信省の二省に分割された１９５０（昭和25）年に「郵政記念日」と改称、１９５９（昭和34）年に「逓信記念日」に戻されたが、２００１（平成13）年の省庁再編に伴い再び「郵政記念日」となった。

１８７１（明治４）年３月１日（新暦４月20日）、それまでの飛脚制度に代わり新しく郵便制度を実施した。

東京・京都・大阪の三都市と東海道線の各駅で、郵便物の取扱、切手の発行が始まった。翌年にはほぼ全国的に実施された。

『君からの手紙が欲しいんだ』

彼に頼み込まれて、頷いてしまった事を今悔やんでいる。

何を書けばいいのやらわからない。改まって宛名を書く事からして気恥ずかしい。文字にするのも憚られるようなむず痒い言葉ばかりが、浮かび上がっては消えていく。けれど、待ってるよと笑った彼の顔がちらついて。

And the Day of……青年海外協力隊の日、女子大の日、百閒忌、百鬼園忌、木蓮忌［小説家・随筆家の内田百閒の1971（昭和46）年の忌日。百閒のペンネームは幼い頃に遊んだ百間川に因み、また「借金」の語呂合せから百鬼園とも名乗っていた。東京中野区金剛寺の句碑木蓮や塀の外吹く俄風から木蓮忌とも呼ばれる］

【4月21日は民放の日】

日本民間放送連盟（民放連）が１９６８（昭和43）年に「放送広告の日」として制定。１９９３（平成５）年に「民放の日」に改称した。

１９５１（昭和26）年のこの日、日本で初めて民放16社に放送の予備免許が与えられ、翌１９５２年のこの日に民放連が発足した。

点けっ放しのテレビから流れ出したのは、先日他界した映画監督の代表作。なんとなく二人で見始めた。

悲しい終わり方をする作品だ。健気に生きる主人公達に、じわじわと忍び寄る暗い影。

「君はこの映画、知ってる？」

「結末は知ってる」

「消そうか？」

「ううん、いい」

ならばせめてとその手を取った。

And the Day of……グラウネーション・デー（Grounation Day）

【4月22日はアースデー（地球の日）、国際母なる地球デー（International Mother Earth Day)】

アースデー世界協議会等が主催。

1970年のこの日、アメリカの市民運動指導者で、当時大学生だったデニス・ヘイズが提唱。

1970年から1990年までは10年に1度実施されていたが、1991年からは毎年開催されている。

2009年の国連総会で「国際母なる地球デー」が正式に国連の記念日となり、翌2010年から実施されている。


地球のためにできる事。例えば節電に節水、ごみの分別といった、小さな事。マイ箸やマイ水筒、エコバッグを持ち歩く事もいい。

「君を見習って僕も水筒を買ったんだ」

「良い事ね」

彼女が微笑んでくれるので嬉しくなる。実は彼女のものと同じメーカーの色違いにしたのだ。小さなお揃いが益々嬉しくて。

And the Day of……よい夫婦の日、カーペンターズの日

【4月23日はサン・ジョルディの日】

元々はスペイン・カタロニア地方の習慣で、この日、守護聖人サン・ジョルディを祭り、女性は男性に本を、男性は女性に赤いバラを贈る。この日は「ドン・キホーテ」の作者セルバンテスの命日でもあるため、スペインでは「本の日」とされている。

日本では日本書店組合連合会、日本カタロニア友好親善協会等が１９８６（昭和61）年から実施している。

真紅の薔薇の花束を手渡すと、彼女は頬を染めてありがとうと呟いた。

「青もよく似合うけど、赤もいいね。素敵だよ」

「……揶揄わないで」

益々頬を染めた彼女が押し付けるようにして本を手渡してくれる。装丁も美しい詩集だ。少し悪戯心が湧いて、彼女を引き寄せた。

「読んでほしいな、君の声で」

And the Day of ……世界図書・著作権デー（World Book and Copyright Day）、子ども読書の日、地ビールの日、国際マルコーニデー、シジミの日、消防車の日、ぐんま花の日［群馬県］

【4月24日は植物学の日】

１８６２（文久２）年旧暦４月24日、植物分類学者の牧野富太郎が高知県佐川町の豪商の家に生まれた。

94歳でこの世を去るまでの生涯を植物研究に費やして、新種・変種約２５００種を発見・命名し、「植物学の父」と呼ばれた。

彼女の家に行くと、以前自分が贈った鉢植えがちょこんと飾られていた。嬉しくなる。

「大事にしてくれてるんだね。ありがとう」

「こちらこそ」

面映ゆげに目を伏せる人を抱きしめた。髪を撫でながら提案する。

「また別の鉢植えも買ってくるよ。君の家に置いてほしい」

いつも懸命なその心を、少しでも癒せるように。

And the Day of……日本ダービー記念日、しぶしの日

【4月25日はＤＮＡの日（DNA day)】

１９５３年のこの日、ワトソンとクリックによるＤＮＡの構造に関する論文が発表された。

彼女を抱きしめるととても落ち着く。彼女の髪の香り、その肌の温もり。彼女の体は驚くほどしっくりと、自分の体に馴染む。

それはきっと彼女も同じ。初めはもじもじと居心地悪げにする彼女も、段々と体の力を抜いて安堵の表情を見せてくれる。

「愛してるよ」

ＤＮＡレベルで、二人は求めあっているのだ。

And the Day of……世界マラリアデー、世界ペンギンの日（World Penguin Day)、歩道橋の日、ギロチンの日、国連記念日、ファーストペイデー、初任給の日、御忌、法然忌［浄土宗の開祖・法然上人の忌日法会。京都ではこの日からが行楽の始めとなり、弁当始、衣装競べとも呼ばれた」

【4月26日は世界知的所有権の日（World Intellectual Property Day）】


世界知的所有権機関（ＷＩＰＯ）が２０００年に制定。

１９７０年のこの日、「世界知的所有権機関を設立する条約」が発効し、同機関が発足した。

知的財産の役割とその貢献を強調するとともに、人間の試み・努力に対する意識及び理解の向上を図ることを目的とする。


言葉尻を捉えて真似をすると、赤くなった彼女に臍を曲げられてしまった。

「ねえ、悪かったよ。機嫌を直して」

抱き寄せようとすると振り払われた。むすっとした彼女がぼそりと言う。

「知的財産権の侵害よ」

一瞬唖然として、それから涙が出るほど大笑いした。

「どんな罰を受ければ許してくれる？」

And the Day of……海上自衛隊の日、リメンバー・チェルノブイリ・デー、よい風呂の日、七人の侍の日

【4月27日は哲学の日】

紀元前399年のこの日、ギリシアの哲学者・ソクラテスが、時の権力者から死刑宣告を受けて、刑の執行として獄中で毒を飲んで亡くなった。

アテナイ（現在のアテネ）で活動し、対話的問答を通じて相手にその無知（無知の知）を自覚させようとしたが、アテナイ市民には受け入れられず、告発され死刑判決が下された。弟子たちは脱獄を勧めたが、「悪法も法」だと言って毒杯を煽ったのだった。

人生哲学と言うほどのものではないが、信じて実践していることが幾つかある。笑っていれば、幸せがやってくる。ありがとうの一言と褒め言葉は、人間関係の土台。

「今日のご飯も美味しいよ。ありがとう」

「貴方はいつもそう言う」

面映げに彼女が笑ってくれるから、言うだけの価値はあるのだ。

And the Day of

……悪妻の日、世界バクの日（World Tapir Day）、世界生命の日、絆の日、ロープデー、駅伝誕生の日、婦人警官記念日、帝国図書館開館記念日

【4月28日はシニアーズデイ】

作曲家・中村泰士が制定。

四（し）二（に）八（や）で「シニヤ」の語呂合せ。


二人で散歩している途中、老紳士とすれ違った。きびきびとした歩調で、背筋を伸ばして歩く男性。見送ってから、思わず呟いた。

「かっこいい人だったね」

「そうね」

自分で言っておきながら少しむっとした。我儘なのは知っているけれど、彼女にかっこいいと思われるのは世界に自分一人がいい。

And the Day of
……主権回復記念日、サンフランシスコ平和条約発効記念日、労働安全衛生世界デー、国際労働災害犠牲者追悼日、ドイツワインの日、缶ジュース発売記念日、

象の日、庭の日、アクアフィットネスの日

【4月29日は畳の日】

全国畳産業振興会が制定。

い草の緑色から制定当時「みどりの日」であった4月29日と、「環境衛生週間」の始まりの日であり「清掃の日」である9月24日。


「畳の縁を踏んじゃいけない理由って、知ってる？」

「傷みやすいからだって聞いたけど」

知っていたか。彼女は流石だ。

「茶道だと越えるときの足にも気を付ける流派があるんだってね。入る時が右足から、出るときは左足から」

「そう」

よく知っているのねと彼女が微笑んでくれるから、嬉しくなった。

And the Day of

……昭和の日（Showa Day）、国際ダンスデー、羊肉の日

【4月30日はヴァルプルギスの夜】

北欧・中欧で行われる行事で、春を祝う祭り「五月祭」の前夜祭。翌日の5月1日は魔封じの聖人ヴァルプルギスの聖名祝日であり、ドイツの伝承では、魔女・魔術師たちがブロッケン山に集まって大規模な祭りを開き、聖ヴァルプルギスに対抗するという。


自分から彼を抱きしめてみると、彼は驚いてから微笑んでくれた。

「君は読心術でも使えるのかい？」

髪を撫でながら問われて眉を寄せる。何のことだろう。

「今ちょうど、君から抱きしめてくれないかな、と思っていたんだ」

彼の言葉に目を瞠る。「僕の可愛い魔法使い」と囁いて彼は口付けてくれた。

And the Day of……図書館記念日、荷風忌［小説家・随筆家の永井荷風の1959（昭和34）年の忌日」

5月（皐月）

【5月1日はスズランの日】

フランスでは、この日に日頃お世話になっている人などにスズランの花を贈る習慣があり、贈られた人には幸せが訪れると言われている。


「君に幸せがあるように」

彼が笑顔で手渡してくれた鈴蘭を、泣き出したい思いで受け取った。清楚な白い花。

「私、からも」

ぎこちなく差し出したのは、彼がくれた物よりずっと見窄らしい花束。けれど彼は嬉しそうに受け取ってくれた。

「嬉しいよ。どうもありがとう」
愛してるよ。優しく囁かれた。

And the Day of……メーデー、日本赤十字社創立記念日、扇の日、水俣病啓発の日、語彙の日

【5月2日は緑茶の日】

日本茶業中央会が制定。

八十八夜は茶摘みの最盛期であることから。八十八夜は年によって日が変わるので、5月2日（閏年は5月1日）に固定して実施している。


彼女が淹れてくれた緑茶を二人で飲む。きちんと沸かしたお湯を冷まして淹れてくれているせいか、自分が入れる時よりずっと美味しい。

「すごく美味しいよ」

「そう」

面映そうに目を伏せる彼女の手を取った。長い指をなぞり、指を絡める。

「君の手は魔法の手だね。愛してるよ、僕の魔法使い」

And the Day of……郵便貯金の日、郵便貯金創業記念日、交通広告の日、歯科医師記念日、エン

ピッ記念日

【5月3日は憲法記念日（Constitution Memorial Day）】

日本国憲法の施行を記念し、国の成長を期する国民の祝日。

１９４７（昭和22）年のこの日に日本国憲法が施行したのを記念して、１９４８（昭和23）年7月公布・施行の祝日法によって制定された。

日本国憲法は１９４６（昭和21）年11月３日に公布され、半年の準備期間を経て翌１９４７年5月３日から施行された。前文と11章１０３条の本文で構成され、「国民主権」「戦争放棄」「基本的人権の尊重」を基本理念としている。

なお、公布日の11月３日は、日本国憲法が平和と文化を重視していることから「文化の日」になっている。


平穏な日だった。太陽は暖かに照り輝き、風は花の甘い香りを運ぶ。寄り添って座っていた彼女は、いつのまにかこちらの肩に凭れて寝息を立てていた。

安心しきった神聖な寝顔。ずっと気を張って生きてきた彼女の、その信頼が愛おしい。

この平和がいつまでも続きますように。肩を抱き寄せて祈った。

And the Day of……世界報道自由デー（World Press Freedom Day）、ゴミの日、リカちゃんの誕生日［タカラから発売されている人形「リカちゃん」の誕生日］

【5月4日はみどりの日（Greenery Day）】

「自然に親しむとともにその恩恵に感謝し、豊かな心をはぐくむ」国民の祝日。元々は昭和天皇の誕生日である4月29日で、昭和天皇が生物学者であり自然を愛したことから1989（平成元）年より「みどりの日」という祝日とされた。2007（平成19）年より4月29日は「昭和の日」となり、みどりの日は5月4日に移された。

二人で自然公園に行った。今は薔薇が見頃だ。美しく匂やかに、色取り取りに咲き乱れている。花園を二人で散策する。

花に囲まれた四阿で一休みする。微風が運ぶ花の香り。薄雲で化粧した初夏の空。風薫る美しい五月。

「いい日だね」

「そうね」

微笑んでくれる人の指を絡めとった。

And the Day of……国際消防士の日、植物園の日、ラムネの日、競艇の日、エメラルドの日、ノストラダムスの日、うすいえんどうの日、名刺の日、ファミリーの日、スターウォーズデー

【5月5日は薬の日】

全国医薬品小売商業組合連合会が1987（昭和62）年に制定。

611（推古天皇19）年のこの日、推古天皇が大和の兎田野《うだの》で薬草を採取する薬狩りを催し、これから毎年この日を「薬日《くすりび》」と定めたという故事に因む。


「どうかしたかい？」

「少し、頭痛が」

「それはいけないね」

頭痛薬を出してきて渡す。青白い顔で礼を言った彼女が、素直に薬を飲み下した。

「落ち着くまで横になった方がいいよ」

「ありがとう」

タオルケットにくるまるのを見届けて離れようとする。だが、服の裾を引かれた。

「ここに、いてほしいの」

And the Day of……こどもの日（Children's Day）、児童憲章制定記念日、わかめの日、こどもに本を贈る日、国際助産師の日、手話記念日、自転車の日、フットサルの日、レゴの日、ヨーロッパ・デー

【5月6日はコロッケの日】

コロッケなどの冷凍食品を製造する株式会社「味のちぬや」が制定。五（こ）六（ろ）で「コロッケ」の語呂合せ。

揚げたてのコロッケを買って、店先のベンチに座った。彼女に一つを渡す。

「ここのコロッケは美味しいんだよ」

一口齧ると、熱々だが美味しい。隣の彼女もおずおずと齧るが、びくっと肩が跳ねた。

「熱い？」

涙目で頷く彼女が可愛い。家ならキスする口実にできたのにと、少し悔しかった。

And the Day of……国際ノーダイエットデー、ゴムの日、鑑真忌［唐の高僧で、日本に渡って日本律宗を開いた鑑真の763（天平宝字7）年の忌日。なお、鑑真が開山した唐招提寺では、月遅れの6月6日を「開山忌」としている」、万太郎忌、傘雨忌［小説家・劇作家・俳人・演出家の久保田万太郎の1963（昭和38）年の忌日。俳号の傘雨から傘雨忌とも呼ばれる」、春夫忌、春日忌［詩人・小説家・評論家の佐藤春夫の1964（昭和39）年の忌日］

【5月7日は粉の日】

五（こ）七（な）で「こな」の語呂合せ。

小麦粉等、食料としての粉の有用な利用方法等をアピールする日。


彼女に小さな魔法をかける。お菓子の仕上げに粉砂糖を振るように、至高の美を繊細に彩る飾り付け。

「君はとても綺麗だ」

囁くと淡く色づく頬。少し潤んで煌めく瞳。何か言いたげに震える唇。彼女は本当に美しい。

「愛してるよ」

愛を伝える言葉は、彼女を一層美しくする魔法の呪文。

And the Day of……世界エイズ孤児デー、コナモンの日、博士の日、健吉忌［評論家・山本健吉の１９８８（昭和63）年の忌日」

【5月8日は世界赤十字デー】

１９４８年にストックホルムで開催された第20回赤十字社連盟理事会で決定。赤十字の創設者、アンリ・デュナンの１８２８年の誕生日。


少し頭痛がすると漏らした途端、彼女に問答無用で寝台に押し込まれた。

「大袈裟だね。大丈夫だよ」

「用心するに越したことはないわ」

怒ったように言う彼女が、薬を取りに行くといって立ち上がる。思わずその手を掴んだ。

「薬より、ここにいて欲しいな。君は僕の万能薬だから」

And the Day of……ヨーロッパ戦勝記念日（ＶＥデー）（Victory in Europe Day）、松の日、ゴーヤーの日、童画の日、万引き防止の日

【5月9日は呼吸の日】

NPO日本呼吸器障害者情報センターが制定。

五(こ)九(きゅう)で「こきゅう」の語呂合せ。


彼の力強い抱擁。その厚い逞しい胸板に抱き込まれると、自分はすっかり狼狽えてしまってもう何も言えない。

恐る恐る手を伸ばし、彼を抱き返す。ぎゅう、と彼に体を押し付ける。彼は嬉しそうに笑ってくれた。

「愛してるよ」

甘い厚い囁きに涙が出そうになる。

幸福は胸に詰まって、息もできないほど。

And the Day of……

ヨーロッパ・デー、アイスクリームの日、黒板の日、メイクの日、ゴクゴクの日、告白の日、県民ふるさとの日［富山県］、泡鳴忌［詩人・小説家・劇作家・評論家の岩野泡鳴の１９２０（大正９）年の忌日］

【5月10日は日本気象協会創立記念日】

１９５０（昭和25）年のこの日、日本気象協会（ＪＷＡ）が「気象協会」として創設された。

気象協会は１９６６（昭和41）年に関西気象協会・西日本気象協会と合併し、現在の名称になった。

気象情報の伝達・配布、気象調査、気象知識の普及等を行っている。


テレビの天気予報を見る。週末は雨らしい。

ならば態々出掛けなくてもいいかもしれない。二人で家でゆっくりしよう。寄り添いあって本を読んで。珈琲を飲んで。彼女にねだって朗読をしてもらったり、自分も彼女に読んできかせたり。

想像するだけで幸福が胸を満たす。そんな週末も、悪くない。

And the Day of……コットンの日、地質の日、街区表示板の日、リプトンの日、四迷忌［小説家・翻訳家の二葉亭四迷の１９０９（明治42）年の忌日。前年から朝日新聞社特派員としてロシアに渡り、病気で帰国の途中のインド洋上で客死した］

【5月11日は鵜飼開き】

岐阜県長良川の鵜飼は5月11日から10月15日まで行われる。

自分は只の鵜の真似をする鴉。見た目だけの紛い物。何者でもない、何者にもなれない。そんな自分に、彼に愛してもらう資格などない。

「そんな顔をしないで。どうか笑って」

言われるがままに笑みを形作って見せる。彼の猿真似、彼からの借り物。

「今はそれでもいいよ。いつか君も心から笑えるよ」

And the Day of……朔太郎忌［大正・昭和期の詩人、萩原朔太郎の1942（昭和17）年の忌日］、たかし忌、牡丹忌［俳人・松本たかしの1956（昭和31）年の忌日］、梶葉忌［小説家・梶山季之の1975（昭和50）年の忌日］

【5月12日はナイチンゲールデー】

赤十字社が、1820年のナイチンゲールの誕生日に因んで制定。


「君は僕のナイチンゲールだよ」

彼が甘い声で言い出した。

「君は僕の魂の傷を癒してくれた。ずっとあった悲しみを埋めてくれた。君がいなければ、僕は今も悲しいままだよ」

微笑んだ彼に抱き寄せられた。囁きが落とされる。

「それに、小鳥のように可愛い声で啼いてくれるしね」

And the Day of……国際看護師の日、看護の日、慢性免疫神経系疾患世界啓発デー（May 12th International Awareness Day）、民生委員・児童委員の日、海上保安の日、アセロラの日、ザリガニの日

【5月13日は竹酔日［ちくすいじつ］】

竹を移植するのは旧暦5月13日に行うと良いと言われている。これは、この日は竹が酔っていて、移植されてもわからないからだということである。

今日は竹酔日。一説には、かぐや姫が月に帰った日。

「だから、今日は君を見張ってることにするよ。君がどこかに行ってしまわないようにね」

「何が、だからなの」

苦笑する彼女を引き寄せ、膝の上に乗せて抱きしめる。また苦笑した彼女が、そっと首に腕を回してくれた。

「心配しなくても、どこにも行かない」

And the Day of……メイストームデー（5月の嵐の日）、愛犬の日、花袋忌［小説家・田山花袋の

１９３０（昭和５）年の忌日］

【5月14日は種痘記念日】

1796年のこの日、イギリスの外科医ジェンナーが初めて種痘の接種に成功した。

種痘の登場以前は、天然痘は最も恐ろしい病気の一つだった。発症すると、高熱に引き続いて、全身に化膿性の発疹ができるため、運良く治った人もあばた面になった。

以前より、一度天然痘にかかった人は、二度とこの病気にならないことが知られていた。また、ジェンナーは、乳絞りの女性から牛痘にかかると天然痘には罹らないことを聞いた。そこで、牛痘にかかった乳絞りの女性サラ・ネルムズの手の水疱からとった膿を、近所に住んでいた8歳の男児フィップスの腕に接種した。10日後に発症したがすぐに治癒し、その後天然痘を接種しても感染しなかった。この実験は、学会には認められなかったが、ジェンナーは貧しい人たちに無料で種痘の接種を行い、次第に認められるようになった。

天然痘による死亡者は劇的に減少し、１９７９（昭和54）年10月末に世界保健機構（ＷＨＯ）によって根絶が確認された。


予防接種に行って帰ってくる。彼女が珈琲を淹れながら待ってくれていた。

「ちょっと痛かったけど我慢したよ。君のご褒美が欲しいな」

「子どもみたいね」

彼女は苦笑するが、言下に断りはしない。それを良いことに、手を取って引き寄せて腕の中に閉じ込めた。

「くれないなら勝手に貰ってしまうよ？」

【5月15日はストッキングの日】

１９４０年のこの日、アメリカのデュポン社がナイロン・ストッキングを全米で発売した。

それまでアメリカのストッキング市場は日本の絹製のもので独占されていたが、これ以降、ナイロン製のものに王座を明け渡した。

待ち合わせ場所で待ってくれていた彼女は、珍しくワンピース姿だった。すんなりした脚を包むストッキング。

「待たせたね」

駆け寄って手を取ると、彼女は小さく微笑んで首を横に振った。

「綺麗だよ。似合ってる」

褒めると、頬を染めた彼女がありがとうと呟く。ああ、抱きしめたいほど可愛い。

And the Day of……国際家族デー(International Day of Families)、沖縄復帰記念日、ヨーグルトの日、青春七五三、葵祭、商人の祝日

【5月16日は旅の日】

日本旅のペンクラブ（旅ペン）が１９８８（昭和63）年に制定。元禄2年3月27日（新暦１６８９年5月16日）、松尾芭蕉が「奥の細道」の旅へ旅立った。

せわしない現代生活の中で「旅の心」を大切にし、旅のあり方を考え直す日。

旅行に行きたいねと彼が言うので、どこに行きたいのと問い返した。ぱっと顔を輝かせた彼が、いそいそと冊子を並べ始める。

「海外もいいけど国内もいいよね。近場で温泉なんてどうかな」

「一緒に行くとは……」

「嫌かい？」

しょんぼりされて言葉に詰まる。その眼差しは卑怯だ。

And the Day of……性交禁忌の日、透谷忌［詩人・北村透谷の１８９４（明治27）年の忌日］

【5月17日は世界電気通信および情報社会の日(World Telecommunication and Information Society Day)】

元は、国際電気通信連合(ITU)が1973年に「世界電気通信の日(World Telecommunication Day)」として制定した。これは、1865年のこの日にITUの前身である万国電信連合が発足したことを記念したものである。2005年11月の国連総会の会期中に開かれた世界情報通信サミットにおいて世界電気通信の日と同じ5月17日を「世界情報社会の日(World Information Society Day)」とすることが決議され、国連総会で採択された。翌2006年のITU全権大使会議において、2つの国際デーをあわせて「世界電気通信および情報社会の日」とすることが決議された。

町には情報が溢れている。テレビからラジオから流れ出して氾濫し、視覚と聴覚を襲う。

その中から正確で有用な情報を抜き出す作業は、大変だけれど楽しい。それはまるで宝探し。

このイベントは彼女も好きそうだ、あのニュースを彼女にも教えよう。彼女を中心に据えれば、なんだって楽しいのだ。

And the Day of……世界高血圧デー、高血圧の日、国際反ホモフォビアの日、生命・きずなの日、お茶漬けの日

【5月18日はことばの日】

五（こ）十（と）八（ば）で「ことば」の語呂合せ。

彼女の唇から零れ落ちる言葉はあまりにも優しく、温かく、美しい。口数の多くない彼女だからこそ、その言葉には重みがある。真摯な励ましの、生真面目な褒め言葉の、一つひとつが輝かしい。

「君と話してると元気が出るよ」

「そう」

面映げにする彼女。その形の良い唇をちょんとつついた。

And the Day of……国際親善デー、国際博物館の日、18リットル缶の日、ファイバーの日

【5月19日はボクシングの日】

日本プロボクシング協会が制定。

１９５２（昭和27）年のこの日、挑戦者・白井義男が世界フライ級チャンピオンのダド・マリノに判定勝ちし、日本初のボクシングのチャンピオンになった。

湯川秀樹博士のノーベル賞受賞、古橋広之進選手の水泳自由形世界新記録と並んで、敗戦でショックを受けた日本人の心に希望の灯をともした。

もう20年以上続いている「詩のボクシング」という大会があるという。自作の詩を自分の声で表現し合って競うという大会は面白そうだ。近くでやることがあったら、彼女を誘って聞きに行ってみようか。

本当は彼女に出てごらんと促したいところだけれど、恥ずかしがり屋の彼女はきっと嫌がるから。

【5月20日は森林【もり】の日】

岐阜県美並村など村名に「美」の字がつく村10村で結成した「美し村【うましさと】連邦」が制定。

5月は「森林」の中に「木」が5つ入っていることから、20日は「森林」の総画数が20画であることから。

美し村連邦は、参加する村のほとんどが平成の大合併で消滅することから2003年に解散している。

自然公園の木立を二人で歩く。景観を壊さない程度に整備された遊歩道は曲がりくねって、二人を人の世界から隔てる。

「気持ちいいね」

「そうね」

鳥の囀りに耳を傾け、花を愛で。ゆったりと歩く穏やかな散歩道。

人がいないからか、指先を絡め取っても彼女は拒まない。嬉しくてしっかり握り込んだ。

And the Day of……世界計量記念日（World Metrology Day）、東京港開港記念日、成田空港開港記念日、ローマ字の日

【5月21日はリンドバーグ翼の日】

１９２７年のこの日、チャールズ・リンドバーグがパリに到着し、大西洋無着陸横断飛行に成功した。

前日の午前7時52分、「スピリット・オブ・セントルイス」と名付けられた飛行機でニューヨークを出発。21日の午後に、「翼よ、あれがパリの灯だ」という有名な言葉とともにパリのル・ブールジェ空港に到着した。飛行距離は約５８００㎞、飛行時間は33時間30分だった。

彼女はまるで自分の翼。自由と喜びを約束し、軽やかな飛翔を助けてくれる。

彼女さえいてくれれば、幸福な未来に向かって羽ばたける。イカロスの翼のようには、太陽に溶かされなどしない。どこまでも高く遠く、二人でなら飛べる。

彼女は自分の天使、喜びの使者。その手を離さず、最果てまで共に飛ぼう。

And the Day of……対話と発展のための世界文化多様性デー（World Day for Cultural Diversity for Dialogue and Development）、小学校開校の日、探偵の日

【5月22日は国際生物多様性の日(International Day for Biological Diversity)】


１９９４年の「生物の多様性に関する条約」締約国会議で制定。国際デーの一つ。

当初は12月29日だったが、２０００年の第5回条約締約国会議でもっと認知されやすい日付として「生物多様性条約」が採択された日である5月22日に変更するよう勧告が出され、それを受けて同年の国連総会で日付が変更された。


二人で自然公園を散策した。色んな生き物が憩う、長閑な庭園。

鳥の囀り。ひらひらと舞う蝶。池を覗き込めばゆったりと泳ぐ鯉や、水生の虫達。

日向のベンチに並んで腰を下ろした。歩いて少し汗ばんだ肌を、そよ風が冷やしていく。

「いい日だね」

「そうね」

彼女と指先を絡ませて、空を仰いだ。

And the Day of……ガールスカウトの日、サイクリングの日

【5月23日は世界亀の日（World Turtle Day）】

American Tortoise Rescueが２０００年に制定。
亀について知り、亀に敬意を払い、亀の生存と繁栄のための人間の手助けをする日。

神社の境内には大きな池があった。お参りを済ませて、池の周りをぐるりと歩く。

池には鯉、そして亀。ゆったりと泳ぐもの、石に這い上がって甲羅干しをしているもの。首を引っ込めたり、伸ばしたり。

「可愛いね。ほら、こっちに来るよ」

そうねと彼女が微笑んでくれる。風さえも穏やかな、平穏な日。

And the Day of……キスの日、ラブレターの日、丈山忌［漢詩人・書家の石川丈山の１６７２

（寛文12）年の忌日」

【5月24日はゴルフ場記念日】

１９０３（明治36）年のこの日、日本初のゴルフ場「神戸ゴルフ倶楽部」がオープンした。

二人で散歩している途中、ゴルフ場の近くを通りかかった。取り巻く若葉が鮮やかだ。

「ゴルフしたことあるかい？」

「ううん、ない」

確かに、機会がなければ覚えないスポーツだ。自分もあまり上手くはないが。

「教えてあげようか？」

博識な彼女に何かを教えてあげられる機会は、逃したくない。

【5月25日は広辞苑記念日】

１９５５（昭和30）年のこの日、岩波書店の国語辞典『広辞苑』の初版が発行された。


「なぜ私に聞くの」

「広辞苑を引くより、君に聞いた方が早いからね」

けろりと言うと、調べなければ身につかないと怒られた。しおらしく頷いてみせる。

溜息を吐いた彼女が書棚から字引を抜き出した。捲って差し出してくれる。

「ここよ、自分で読んで」

受け取りながら笑いを堪える。やはり君は僕に甘い。

【5月26日は東名高速道路全通記念日】

１９６９（昭和45）年のこの日、大井松田ＩＣ～御殿場ＩＣが開通し、東京から愛知県小牧市まで３４６㎞におよぶ東名高速道路が全線開通した。小牧ＩＣで、４年前に完成していた名神自動車道と接続し、関東・中京・関西を結ぶ日本の大動脈となった。

東名高速道路を走り抜ける。カーラジオから流れるのは軽やかな響きのシャンソン。助手席の彼女は大人しく、少し開けた窓から吹き込む風に吹かれている。

「もうすぐ着くよ」

「そう」

言葉をかけると、彼女は淡く微笑んでくれた。神聖で清らかなその笑顔。着いたら何を食べようか。うきうきと考えた。

And the Day of……ラッキーゾーンの日、ル・マンの日、県民防災の日［秋田県］、梓薫忌［小説家・評論家・栗本薫の２００９（平成21）年の忌日。小説家としては栗本薫、評論家としては中島梓の名義を使用したことから、両方の名前を取って「梓薫忌」と呼ばれる］

【5月27日は百人一首の日】

1235（文暦2／嘉禎元）年のこの日、藤原定家によって小倉百人一首が完成された。

藤原定家の「明月記」の文暦2年5月27日の項に、定家が親友の宇都宮入道蓮生（頼綱）の求めに応じて書写した和歌百首が嵯峨の小倉山荘（嵯峨中院山荘）の障子に貼られたとの記述があり、この記事が小倉百人一首の初出ではないかと考えられている。

百人一首の解説本を読む。恋の歌、風景を詠んだ歌、百通りの三十一文字に込められた宇宙。

「君は好きな和歌、あるかい」

並んで座る彼女に尋ねてみると瞬きをされた。

「百人一首の中で？」

「そうでなくてもいいよ」

「そうね……」

少し考えた彼女が挙げた和歌に嬉しくなる。自分も好きな歌だった。

And the Day of……日本海海戦の日、小松菜の日

【5月28日は花火の日】

１７３３（享保18）年のこの日、隅田川で水神祭りの川開きが行われ、慰霊を兼ねた花火が打ち上げられた。

炸裂音と共に夜空に大輪の花が咲く。そしてまた、もう一輪。
彼女を横目に窺う。端正な顔を光が照らし出す。静かな目には美しい物への畏敬。形の良い唇には淡い笑み。
人混みの中で逸れないように。言い訳をして繋いだ手を、彼女は恥ずかしげにしながらも振りほどかない。決して手放さないように握りしめた。

And the Day of……国際アムネスティ記念日、ゴルフ記念日、３０００本記念日、業平忌［平安時代初期の歌人・在原業平の８８０（元慶４）年の忌日。平城天皇の子の阿保親王の第５子で、在原姓を賜って臣籍に下った。六歌仙・三十六歌仙の一人で、容姿端麗で情熱的な和歌の名手だったため『伊勢物語』の主人公とされている。枕を共にした女性は若い娘から上は99歳まで、その数は３７３３人と伝えられ、才女の小野小町も名を連ねている]、辰雄忌［小説家・堀辰雄の１９５３（昭和28）年の忌日]

【5月29日は幸福の日】

グリーティングカードや慶弔ギフトなどを販売する株式会社ヒューモニーが制定。

五（こ）二（ふ）九（く）で「こうふく」の語呂合せ。

彼女と目が合う事は小さな幸福。どうしたのと、無言で傾げてくれる首。絡ませた視線から愛情が伝わる。

ほんわりと幸せな気分で、手を伸ばして彼女を抱き寄せた。驚いたように肩を震わせた彼女は、けれど振り払う事はしない。それがますます幸福で、しっかりと抱きしめた。

幸福は腕の中に、彼女の中に。

And the Day of……

──国連平和維持要員の国際デー（International Day of United Nations

Peacekeepers)、エベレスト登頂記念日、呉服の日、こんにゃくの日、地下鉄の日［京都市］、白桜忌、晶子忌［歌人・詩人の与謝野晶子の１９４２（昭和17）年の忌日。歿後に出された最後の歌集『白桜集』に因み、「白桜忌」とも呼ばれる］、多佳子忌［俳人・橋本多佳子の１９６３（昭和38）年の忌日］

【5月30日は消費者の日】

日本政府が1978（昭和53）年に制定。経済企画庁（現在の内閣府）が主催。

1968（昭和43）年のこの日、「消費者保護基本法」が公布・施行された。

不思議なアドレスからメールが届いたのでもしやと思って見たところ、やはり架空請求だ。怒るよりも、珍しい物が届いたと楽しくなる。

だが軽い気持ちで彼女に見せたところ、思うより大ごとになった。

「然るべき機関に通報して。警察署と銀行にもよ」

それが消費者の義務だという。しおらしく頷いた。

And the Day of……ゴミゼロの日、掃除機の日、女子将棋の日、文化財保護法公布記念日

【5月31日は（旧）郵政省設置記念日】


１９４９（昭和25）年のこの日、逓信省が分離して、郵政省と電気通信省（後に電電公社、現在のＮＴＴ）が設置された。

郵便・郵便貯金・郵便為替・郵便振替・簡易生命保険の事業と電気通信の事務を行っていたが、２００１（平成13）年の中央省庁再編により、電気通信事務は総務省に、その他の事業は郵政事業庁（現在の日本郵政グループ）に引き継がれた。


手紙が欲しいと彼にねだられて、つい頷いてしまった。それだけでは後悔は終わらない。

赤面しながら漸く書き上げた手紙。投函するにも勇気を振り絞った。かと思えば、ポストの前で張り込んで手紙を取り返したい程の気恥ずかしさ。

そろそろ彼に手紙が届いた頃。次に会うのが怖くて仕方がない。

And the Day of……世界禁煙デー（World No-Tabacco Day）、青峰忌［俳人・嶋田青峰の１９４４（昭和19）年の忌日。新興俳句運動に理解を示していたことから、１９４１年、治安維持法による新興俳句派に対する弾圧事件「俳句事件」に連座して起訴され、留置場で喀血して釈放されたが、病状が悪化し亡くなった］

6月（水無月）

【6月1日は写真の日】

「写真の日制定委員会」が1951（昭和26）年に制定。日本写真協会が主催。

1841（天保12）年のこの日、日本初の写真が撮影された。

写されたのは薩摩藩主の島津斉彬で、撮影したのは長崎の御用商人・上野俊之丞だった。

「東洋日の出新聞」に掲載された上野俊之丞の息子・彦馬の口述による記事「日本写真の起源」の記述をもとに、この日が日本で初めて写真が撮影された日とされたが、後の研究で、それ以前にも写真撮影が行われていたことがわかっている。

「はい、チーズ」

レンズを向けて促すと、彼女が顔を強張らせた。固くなっているので苦笑してしまう。

「大丈夫だよ、魂を吸い取ったりしないよ」

「そんなこと分かってる」

不機嫌に言った彼女が顔を背けてしまう。カメラを置いて宥めにかかった。

「頼むよ、宝物にするから」

「だから嫌なの！」

And the Day of……国際子供の日（International Children's Day）、電波の日、気象記念日、バッジの日、世界牛乳の日（World Milk Day）、麦茶の日、氷の日、チューインガムの日、梅肉エキスの日、ねじの日、真珠の日、景観の日、総務の日、ＮＨＫ国際放送記念日、人権擁護委員の日、万国郵便連合再加盟記念日、国税庁創立記念日、マリリン・モンローの日、スーパーマンの日、防災用品点検の日、衣替え、衣更え、更衣、新生糸年度

【6月2日はローズの日】

奈良県香芝市の雑貨店・フレンチレースが制定。

六（ろ）2（ツー）で「ローズ」の語呂合せ。


「はい、君に」

玄関を開けた途端に、満面の笑みの彼が花束を差し出してきた。虚を突かれているうちに強引に受け取らされる。

色も鮮やかな薔薇の花束。むせかえるような甘い香りに包まれる。

「愛してるよ」

優しく笑った彼に口付けられ、何も言えなくなって俯く。美しい花がじわりと滲んだ。

And the Day of……横浜港開港記念日、長崎港記念日、横浜カレー記念日、路地の日、裏切りの

日、甘露煮の日、おむつの日、イタリアワインの日、光琳忌［江戸時代の画家・工芸家、尾形光琳の１７１６（享保元）年の忌日］

【6月3日は測量の日】

建設省（現在の国土交通省）、国土地理院等が１９８９（平成元）年に制定。１９４９（昭和24）年のこの日、「測量法」が公布された。

測量・地図への幅広い理解と関心を深めてもらうことを目的としている。


彼女との次の旅行の計画を練ろうと地図を広げたは良いものの、目的地が地図上で見付けられない。目を彷徨わせていると、彼女が手を伸ばした。

「歌碑はこの辺り。駅がここ。道はこう行くと近いと思う」

滑らかに道をなぞってくれる手を捕まえた。指先に口付ける。

「君は僕にいつも道を示してくれるね」

And the Day of……雲仙普賢岳祈りの日、ウェストン祭

【6月4日は蒸し料理の日】

ミツカンが制定。

六（む）四（し）で「蒸し」の語呂合せ。


野菜と肉を蒸して、ポン酢で食べる。さっぱりして美味しい。

「いっぱい食べるんだよ。南瓜もきゃべつも人参も肉も、沢山あるからね」

「貴方こそもっと食べて」

埒があかないので、彼女の皿を奪い取ってお代わりを積み上げた。すると彼女が負けじとこちらの皿に積み重ねてくる。睨み合ってから吹き出した。

And the Day of……侵略による罪のない幼児犠牲者の国際デー（International Day of Innocent Children Victims of Aggression）、虫の日、土地改良制度記念日、ローメンの日、蒸しパンの日

【6月5日は環境の日、世界環境デー（World Environment Day）】

1972年12月の国連総会で制定。国際デーの一つ。

1972年のこの日、ストックホルムで開催された国連人間環境会議で「人間環境宣言」が採択され、国連環境計画（UNEP）が誕生した。

国連では、日本の提案によりこの日を「世界環境デー」と定め、日本では1993（平成5）年に「環境基本法」で「環境の日」と定められた。

事業者及び国民の間に広く環境の保全についての関心と理解を深めるとともに、積極的に環境の保全に関する活動を行う意欲を高める日。世界各国でも、この日に環境保全の重要性を認識し、行動の契機とするため様々な行事が行われている。


地球の環境を守るために、個人が努力できる事。幾つか彼女に教えてもらった。

マイバッグやマイ箸、水筒を持ち歩く。家電は新しい方が節電できる事もあるから、買い替えも検討する。成程と頷きながら、彼女の肩を抱いた。

「僕も一つ思いついたよ。君と僕が一緒に暮らせは、電気のついた部屋を減らせるよ」

And the Day of……落語の日、ろうご（老後）の日

【6月6日はひつじの日】

メリーチョコレートカムパニーと手芸用品店のユザワヤが２０１０（平成22）年に制定。

６が羊の巻いた角の形に見えることから。

両社は羊をキャラクターに使用しており、また、本社が同じ東京都大田区にあることから、コラボレーション企画として記念日が制定された。

「眠れないのかい？」

もぞもぞしている彼女に声をかけると、彼女は困ったように頷いた。抱き寄せて背中を撫でてやる。

「羊を数えるといいよ。一緒に数えようか」

羊が一匹、羊が二匹。囁きながら彼女の背中を優しく叩く。少し強張っていたその体が、少しずつ腕の中で緩んでくる。

おやすみ、良い夢を。

And the Day of……楽器の日、邦楽の日、いけばなの日、飲み水の日、梅の日、ロールケーキの日、ワイパーの日、補聴器の日、ヨーヨーの日、かえるの日、兄の日、恐怖の日

【6月7日は（旧）計量記念日】

通商産業省（現在の経済産業省）が１９５２（昭和27）年に制定。

１９５１（昭和26）年のこの日、それまでの「度量衡法」を全面的に改正した「計量法」が公布された。翌１９５２年3月1日から施行され、１９５９（昭和34）年1月1日からは大部分が尺貫法からメートル法になった。

１９９３（平成5）年11月1日の「計量法」の全面改正に伴い、11月1日に変更された。

彼女が料理をしてくれているのを横目に見ていた。計量カップやスプーンできっちりと計っている。几帳面な性格が出ているとおかしくなった。

「なあに」

気づいた彼女が拗ねた目で睨む。何でもないよと笑って抱きしめた。

「すごく美味しそうだ。出来上がりが楽しみだよ」

面映げに俯く彼女にキスをした。

And the Day of……母親大会記念日、緑内障を考える日、むち打ち治療の日

【6月8日は世界海洋デー】

国連が2009年から実施する国際デー。

1992年6月8日にリオデジャネイロで開かれた地球サミットにおいてカナダ代表が提案し、以来「世界海洋デー」として非公式に実施されていたが、2009年から国連の記念日となった。


人のいない浜辺を、肩を並べてそぞろ歩いた。潮騒。海鳥の声。砂を踏む二人分の足音。空と海の青、砂浜の白。

ふと彼が足を止め、何かを拾い上げた。やや大ぶりの、白い巻貝。手で砂を払って、軽く海で洗って、それから微笑みながらこちらに差し出してくれる。

「綺麗なものは、すべて君のものだよ」

And the Day of……学校の安全確保・安全管理の日、大鳴門橋開通記念日

【6月9日はロックの日】

六（ろく）九（く）で「ロック」の語呂合せ。楽曲の方のロック（rock）の記念日。

ラジオを点けた途端、激しいロックが流れ出した。慌てて音量を落とす。戸口を振り向くと、カップを載せた盆を手にした彼女がぱちくりと瞬いていた。

「びっくりしたね」

「そうね」

彼女が珈琲を渡してくれる。ありがたく受け取りながらキスすると、赤くなり振り払われた。

「貴方の方がよっぽど心臓に悪い！」

And the Day of……我が家のカギを見直すロックの日、ロックウールの日、ポルノの日

【6月10日は時の記念日】

東京天文台と生活改善同盟会が１９２０（大正９）年に、「時間をきちんと守り、欧米並みに生活の改善・合理化を図ろう」と制定。

「日本書記」の天智天皇10年4月25日（グレゴリオ暦換算６７１年６月10日）の項に、漏刻を新しき台に置く。始めて候時を打つ。鐘鼓を動す。とあることから。「漏刻」とは水時計のことである。

彼と過ごす時間はとても貴重で大切だ。一瞬一秒がきらきらと光り輝く。見つめ合う幸せな瞬間を閉じ込めて、永遠に引き伸ばしていたい。時計の針を止めて、砂時計の砂を中空に留めて。

彼が微笑んでくれる、話しかけてくれる、抱き締めてくれる、口付けてくれる。その全ての瞬間が、何よりもの宝物。

And the Day of……商工会の日、路面電車の日、社会教育法施行記念日、ミルクキャラメルの日、歩行者天国の日、無糖茶飲料の日、緑豆の日、無添加の日、夢の日、谷津干潟の日、源信忌、恵心忌［平安中期の天台宗の僧侶・源信の１０１７（寛仁元）年の忌日。比叡山横川の恵心院に住んだので恵心僧都とも呼ばれる］、長明忌［鎌倉時代の随筆家・鴨長明の１２１６（建保４）年の忌日］

【6月11日は傘の日】

日本洋傘振興協議会（ＪＵＰＡ）が１９８９（平成元）年に制定。

この日が雑節の一つ「入梅」になることが多いことから。


二人で歩いている途中、雨が降り出した。傘は一本。その中に二人で収まる。

遠慮して出ていこうとする彼女の肩を引き寄せた。

「もっと近くへ。濡れてしまうよ」

「貴方が狭いわ」

「構わないよ」

小さな傘を言い訳にして、二人ぴったりと肩を寄せ合って。濡れていく肩は
冷たくても、心は暖かい。

And the Day of……雨漏りの点検の日、国立銀行設立の日

【6月12日はエスペラントの日】

日本エスペラント学会が制定。

１９０６（明治39）年のこの日、日本エスペラント協会が設立された。

国際共通語として作られた人工言語・エスペラントの記念日。

彼女との共通言語、二人だけの合言葉。互いの間だけで通じる冗談。本当に些細な、知らない者なら聞き流すような一言。けれどそれを唇に乗せれば、彼女は目元を和ませ頬を緩めてくれる。神聖で美しいその微笑み。自分にとってはとても大切な一言。甘く小さな二人きりの秘密。味わうように声に乗せた。

And the Day of……児童労働反対世界デー、恋人の日、アンネの日記の日、バザー記念日、宮城県民防災の日［宮城県］

【6月13日は小さな親切運動スタートの日】

1963(昭和38)年のこの日、「小さな親切」運動本部が発足した。

その年の東京大学の卒業式の告辞の中で、茅誠司総長が「小さな親切を勇気をもってやってほしい」と言ったことがきっかけとなって、6月13日に茅氏を始めとする8名の提唱者が、運動を発足させた。〝できる親切はみんなでしょう それが社会の習慣となるように〟、〝人を信じ、人を愛し、人に尽くす〟をスローガンに運動が進められている。

街中で彼女を見かけた。かけようとした声を飲み込む。大きな荷物を持って階段を登っていく彼女の近くには、恐縮した様子の老婆がいた。

階段を登りきった所で、彼女は老婆に荷物を返した。繰り返し礼を言っている様子の老婆と別れ、歩き出す。

その背中を追いながら忍び笑う。声をかけたらきっと真っ赤になる。

And the Day of……はやぶさの日、鉄人の日

【6月14日は五輪旗制定記念日】

１９１４年のこの日、５色のオリンピック大会旗が制定された。

オリンピックのテレビ中継を二人で眺める。競技場に漲る熱気、光る汗、高揚に輝く顔、顔、顔。

貴方ならあの程度軽いものでしょう。彼女が呟いたのは重量上げの試合だった。

「そんなに力持ちじゃないよ」

苦笑して答えながら、抱きしめたいほどの愛おしさを堪えた。あの君が、軽口を言ってくれるなんて。

And the Day of……世界献血者デー（World Blood Donor Day）、映倫発足の日、手羽先記念日

【6月15日は暑中見舞いの日】

１９５０（昭和25）年のこの日、郵政省が初めて「暑中見舞用郵便葉書」を発売した。

彼女から暑中見舞いが届いた。紫陽花の印刷された官製葉書に、丁寧な手書きの文字。

『いつもお世話になっています。これからも宜しく』

額に入れて飾っておきたいくらいだが、訪れた彼女はきっと真っ赤になって恥ずかしがる。二度と葉書をくれなくなるかもしれない。それは困るから、大切に箱にしまった。

And the Day of……信用金庫の日、生姜の日、オウムとインコの日、米百俵デー、千葉県民の日［千葉県］、県民の日［栃木県］、季吟忌［歌人・俳人・古典学者の北村季吟の

〔1705（宝永2）年の忌日〕

【6月16日は無重力の日】

地下無重力実験センターが町内にあった北海道上砂川町が1991（平成3）年3月に制定。

六（む）十（じゅう）六（ろく）で「むじゅうりょく」の語呂合せ。

彼女が居てくれる。それだけで心は幸福に満たされる。身も心も軽くなる。悩みは宙に溶けて消える。孤独も絶望も尻尾を巻いて逃げていく。もう何も怖くない。他には何もいらない。

彼女が隣にいれば重力は失われ、ふわふわと何処へでも飛んでいけそうになる。共にならきっと空も飛べる。

And the Day of……アフリカの子供の日、和菓子の日、麦とろの日、ケーブルテレビの日、ブルームズ・デー

【6月17日は砂漠化および干ばつと闘う国際デー（World Day to Combat Desertification and Drought）】

１９９５年の国連総会で制定。国際デーの一つ。

１９９４年のこの日、「国連砂漠化防止条約」が採択された。

砂漠化と旱魃の影響と闘うための国際協力の必要性、および、砂漠化防止条約の実施に対する認識を高める日。


夢を見た。灼熱の砂漠を歩く夢。

照りつける太陽、どこまでも続く砂の海。さらさらとした砂を踏みしめて歩く。

汗を拭い、顔を上げる。と、彼方に人影を見た。懐かしい、愛おしい立ち姿。

疲れも忘れ走り出す。だが足をもつれさせながら駆け寄り抱きしめた腕の中で、蜃気楼は消え失せた。

【6月18日はおにぎりの日】

町内の遺跡で日本最古の「おにぎりの化石」が発見されたことから「おにぎりの里」として町起こしをしている石川県鹿西町（現中能登町）が制定。「鹿西」の「ろく」と、毎月18日の「米食の日」から。

今日は公園に二人でピクニックに行く事にした。二人でおにぎりを作る。ころころ丸いおにぎりを作りながらふと見ると、彼女はきっちりした三角形のおにぎりを作ってくれている。性格が出ているなとこっそり笑う。気付いた彼女が拗ねたような目をした。

「なあに」

「幸せだね」

何と美しい、幸福な日々。

And the Day of……海外移住の日、考古学出発の日、国際寿司の日（International Sushi Day）

【6月19日は朗読の日】

日本朗読文化協会が2001（平成13）年に制定。

六（ろう）十（と）九（く）で「ろうどく」の語呂合せ。


珍しく熱を出して寝込んでしまった。心配して泊まり込んでくれる彼女を見上げる。

何か本を読んでくれないか。ねだると、彼女は素直に本を手にとった。

落ち着いた優しい声が、滑らかに文章を読み上げる。耳に心地よい声を聞きながら、闇に吸い込まれていく意識を感じた。

良い夢が見られる予感がした。

And the Day of……理化学研究所創設の日、京都府開庁記念日、ベースボール記念日、朗読の日、桜桃忌、太宰治生誕祭［1948（昭和23）年のこの日、6月13日に自殺した作家・太宰治の遺体が発見された。6月13日、太宰治が戦争未亡人の愛人・山崎富栄と東京の玉川上水に入水心中し、6日後の19日に遺体が発見された。また、19日が太宰の誕生日でもあることから、6月19日は「桜桃忌」と呼ばれ、三鷹市の禅林寺で供養が行われる。その名前は桜桃の時期であることと晩年の作品『桜桃』に因む。太宰治の出身地・青森県金木町では、生誕90周年となる1999(平成11)年から「生誕祭」に名称を改めた」

【6月20日はペパーミントの日】

ハッカが特産品の北海道北見市まちづくり研究会が１９８７（昭和62）年に制定。

「はっか（20日）」の語呂合せ。６月は、この月の北海道の爽やかさがハッカそのものであるとのことから。


ミントティーを作った。薄黄緑に透き通った液体に氷を浮かべて飲む。すっとして美味しい。

「美味しいね」

「そうね」

清涼感のある冷たい飲み物と、甘いクッキー。さくりさくり、こくりこくりと手が止まらない。

手の届くところに彼女がいる、甘い幸せな時間。初夏の爽やかな風が吹き抜けた。

And the Day of ……世界難民の日（World Refugee Day）、健康住宅の日

【6月21日はスナックの日】

かつて夏至に「歯固め」と称して正月の餅を固くして食べる習慣があったことから。


ふと食べたくなって、スナック菓子を買った。だが訪れてくれた彼女に見せると、眉を顰められる。

「健康に悪いわ」

「いいじゃないか、偶には」

先に手をつけると、彼女も仕方なさそうな顔をしながら手を伸ばす。余り美味しくもなさそうに食べている姿に、吹き出しそうになるのを堪えた。

And the Day of……がん支え合いの日

【6月22日はかにの日】

大阪のかに料理店「かに道楽」が1999（平成11）年に制定。

星占いのかに座の初日であることと、50音表で「か」が6番目、「に」が22番目であることから。

食事券等のプレゼントが行われる。


浜辺を二人で散策していて、足元を歩く蟹に気づいた。しゃがんで覗き込む。こちらに気づいた蟹は逃げもせず、ハサミを振り上げ威嚇してくる。その気丈な様子が彼女に似ているなと思い、つい笑う。

「何を笑ってるの？」

「いや、君に似ていると思って」

怪訝そうにする彼女が面白くて、また笑った。

And the Day of ……らい予防法による被害者の名誉回復及び追悼の日、日韓条約調印記念日、ボウリングの日

【6月23日はオリンピック・デー】

１８９４年のこの日、国際オリンピック委員会（ＩＯＣ）がパリで創立された。

フランスのクーベルタン男爵の提唱によりオリンピック復興に関する国際会議がパリで開催され、１８９６（明治29）年にアテネで第1回オリンピック大会の開催することを決議し、国際オリンピック委員会を組織した。

日本では日本オリンピック委員会（ＪＯＣ）国際協議課が１９４８（昭和23）年から実施している。

オリンピックの模様を放映するテレビを二人で眺めていた。白熱する試合に思わず見入っていた。はっと我に返って隣の彼女を見ると、少し不満そうな顔でこちらを窺っている。

「すまなかったね」

「何が」

不機嫌な声。本格的に機嫌を損ねたらしい。内心苦笑しながら、頬にお詫びのキスを送った。

And the Day of……慰霊の日［沖縄県］、国連パブリック・サービス・デー（United Nations Public Service Day）、独歩忌［作家・詩人の国木田独歩の１９０８（明治41）年の忌日］

【6月24日はドレミの日】

１０２４年のこの日、イタリアの僧侶ギドー・ダレッツオがドレミの音階を定めた。

この日に開かれる「洗礼者ヨハネの祭」の日の為に、ギドーが合唱隊に「聖ヨハネ賛歌」を指導し、その曲の各小節の最初の音がドレミの音階ができる元になった。


テレビを点けると「サウンド・オブ・ミュージック」を放映していた。明るい「ドレミの歌」。不穏な気配。そして国外への脱出。

「もし僕があのように追われる身になったら、君はどうする？」

ふと尋ねると、彼女は虚を突かれた顔をした。悲しげな瞳になる。

「一緒に連れていってはくれないの？」

And the Day of……ＵＦＯ記念日、空飛ぶ円盤記念日、林檎忌、麦の日［歌手・美空ひばりの１９８９（平成元）年の忌日。ヒット曲『リンゴ追分』から「林檎忌」、「ひばり」という名前に因み、麦畑が鳥のひばりの住処となることが多いことから「麦の日」と呼ばれている］、五月雨忌［歌手・村下孝蔵の１９９９（平成11）年の忌日。ヒット曲『初恋』の歌詞と、五月雨（梅雨）の時期であることから「五月雨忌」と呼ばれる］

【6月25日は住宅デー】

全国建設労働組合総連合が１９７８（昭和53）年に制定。

スペインの建築家、アントニオ・ガウディの１８５２年の誕生日。

制定当時は高度成長による住宅建設ブームで、量産の中で職人さんをめぐるトラブルもたくさんあった。このため町の大工さんや左官屋さん等職人の腕と信用をＰＲする為に制定された。


彼の家は不思議と居心地がいい。落ち着いた色調の使い込まれた家具。部屋にかすかに漂う彼の匂い。窓から差す陽射しさえ、他のどこにいる時よりも明るく暖かい。

そう呟くと、彼は笑った。

「気に入ってくれてるなら、ここで一緒に住まないかい？」

冗談めかして言う彼の目に、ちらりと真剣な色。

And the Day of……指定自動車教習所の日、天覧試合の日、浜木綿忌［作曲家・宮城道雄の1956（昭和31）年の忌日。遺作の歌曲『浜木綿』から「浜木綿忌」と呼ばれる］

【6月26日は雷記念日】

９３０（延長８）年のこの日、平安京の清涼殿に落雷があり、大納言の藤原清貫が亡くなった。

この落雷は太宰府に左遷されそこで亡くなった菅原道真のたたりだとされ、道真は名誉を回復した。またこれにより、菅原道真は雷の神「天神」と同一視されるようになった。

かなり近いところで雷が鳴った。途端、彼女の肩がびくりと震える。

「雷は苦手かい？」

「そんなことない！」

否定が早すぎる。顔も青い。どうやら本当に苦手らしい。可愛いなと内心笑って、その手を取った。

「僕は苦手なんだ。傍にいてくれる？」

囁くと彼女はまた肩を震わせて、小さく頷いた。

And the Day of……国連憲章調印記念日、国際麻薬乱用・不正取引防止デー（International Day against Drug Abuse and Illicit Trafficking）、拷問の犠牲者を支援する国際デー（International Day in Support of Victims of Torture）、露天風呂の日、オリエンテーリングの日

【6月27日は演説の日】

1874（明治7）年のこの日、慶応義塾の三田演説館で日本初の演説会が行われた。

「演説」という言葉は慶応義塾を創設した福澤諭吉が仏教語をもとに作ったもので、この日の演説で福澤は「日本が欧米と対等の立場に立つ為には演説の力を付けることが必要」と説いた。


私なんかのどこが好きなのなどと、聞いてしまったのが間違いだった。むっとした顔になった彼は宣言した。

『沢山あるから一から説明してあげるよ。そうだ、資料も作って見せるからね』

いらないと言っても聞く耳を持たず、彼はパソコンに向かって作業している。

彼の演説が始まる前に逃げ出してしまいたい。

And the Day of……メディア・リテラシーの日、ちらし寿司の日、日照権の日、ヘレン・ケラー・バースデー［アメリカの社会福祉事業家、ヘレン・ケラーの１８８０年の誕生日。生後19箇月で猩紅熱の為に目・耳・口が不自由になったが、家庭教師アン・サリバンの教育によって読み書きを覚えて大学を卒業した］、秋成忌［国学者・上田秋成の１８０９（文化６）年の忌日］

【6月28日は貿易記念日】

通商産業省（現在の経済産業省）が１９６３（昭和38）年に制定。

安政６年５月28日（新暦１８５９年６月28日）、江戸幕府がロシア・イギリス・フランス・オランダ・アメリカの五か国に、横浜・長崎・箱館（函館）での自由貿易を許可する布告を出した。


輸入食品店で二人で買い物をする。ふと横を見ると彼女の姿がなかった。慌てて周りを見回すと、棚の前で立ち止まっている姿が目に入る。

「何を見てるんだい？」

「な、何でもない」

棚を見ると少し高級なチョコレートが並んでいる。食べてみたいなら素直に言えばいいのに。笑って籠に入れた。

And the Day of……パフェの日、芙美子忌［小説家・林芙美子の１９５１（昭和26）年の忌日］

【6月29日は星の王子さまの日】

『星の王子さま』で知られるフランスの作家・飛行士のアントワーヌ・ド・サンテグジュペリの１９００年の誕生日。

懐かしい本を見つけた。その本『星の王子様』を手にとってめくる。
王子様の愛した唯一の薔薇は、地球で王子様が見た幾千万の薔薇の花々より、彼にとっては美しく愛おしい。見た目には何ら違いはなくとも、他の花と代わり映えしないように見えても。
願わくば自分も、あの人にとってそんな花になれますように。

And the Day of……佃煮の日、ビートルズ記念日、聖ペテロと聖パウロの祝日、廉太郎忌［作曲家・滝廉太郎の１９０３（明治36）年の忌日］

【6月30日はハーフタイムデー】

一年も残す所あと半分となる日。

今日で一年の半分が終わりだ。ふと気づいて、感慨深くなった。半年間を振り返ってみる。正月には彼女との初詣。いろんな行事を彼女と祝って。理由をつけては彼女を家に招き、彼女の家に行き、彼女と出かけ。振り返ってみれば、いつも彼女が隣にいた。

これからの半年も、この先もずっと共に。

And the Day of……トランジスタの日、アインシュタイン記念日、集団疎開の日、夏越の祓、大祓、光晴忌［詩人・金子光晴の1975（昭和50）年の忌日］

7月（文月）

【7月1日は国民安全の日】

１９６０（昭和35）年5月の閣議で、産業災害・交通事故・火災等の災害防止を図る為に制定。

「全国安全週間」の初日。

暑さで気の弛みから事故が多発する、夏場の一日が選ばれた。


折角彼女が来てくれたのに、茶菓子が切れていた事に気づいた。

買い物に行ってくる、すぐ戻るよ。そう言うと彼女が心配そうな顔をした。

「熱中症に気をつけて。ドライバーも集中が緩みやすいから、車には十分注意して」

立て続けの忠告に思わず苦笑する。そんなに心配してくれるなら、一緒に行こうか。

And the Day of……更生保護の日、こころの日、童謡の日、銀行の日、クレジットの日、弁理士の日、建築士の日、郵便番号記念日、東京都政記念日、東海道本線全通記念日、山形新幹線開業記念日、名神高速道路全通記念日、函館港開港記念日、ウォークマンの日、鉄スクラップの日、健康独立宣言の日、壱岐焼酎の日、琵琶湖の日、テレビ時代劇の日、ＪＵＮＥＴ記念日、山開き、海開き、新醸造年度、新酒造年度、釜蓋朔日

【7月2日は一年の折り返しの日】

一年のちょうど真ん中の日。平年は正午、閏年は午前0時がちょうど真ん中の時間となる。

今日は一年の折り返しの日だから。そう言って、彼が少し高価なワインを開けた。

グラスを傾けながらとりとめのない言葉を交わす。彼の優しい眼差しが眩しくて、なかなか目を合わせられない。

時計が12時を打った時、そっと手を取られた。

「今年の後半も、その先もずっと、共にいてほしい」

And the Day of……ユネスコ加盟記念日、たわしの日、蛸の日、布ナプキンの日

【7月3日は七味の日】

唐辛子などの粉末食品を製造販売している大阪市の向井珍味堂が２０１０（平成22）年に制定。

七（しち）三（み）で「しちみ」の語呂合せ。

自分のうどんに七味を振りかけてから、彼女に瓶を回した。彼女が瓶を傾けた瞬間、中蓋が外れた。うどんが真っ赤に染まる。

「取り替えようか？」

「いい」

きっぱり言われ、少し気がかりながら引き下がる。箸をつければ、彼女が味付けをした出汁は少し薄口で美味しい。ちらりと彼女を窺うと、目が潤んでいた。

And the Day of……ソフトクリームの日、通天閣の日、波の日

【7月4日は梨の日】

鳥取県東郷町（現 湯梨浜町）の「東郷町二十世紀梨を大切にする町づくり委員会」が２００４（平成16）年に制定。

七（な）四（し）で「なし」の語呂合せ。

梨を剥いて二人で分け合いながら食べる。よく熟れた、柔らかく甘い果実。

「貴方は林檎が好きよね」

ふと彼女が言って、覚えてくれていたのかと嬉しくなる。

「そうだね。でも何でも好きだよ、君と食べるなら」

さらりと言えば彼女の頬が染まる。恥ずかしい事を言わないでと、消え入りそうな声が呟いた。

【7月5日は江戸切子の日】

東京カットグラス工業協同組合が制定。

江戸切子の文様の一つ「魚子（ななこ）」から七（なな）五（こ）で「ななこ」の語呂合せ。


綺麗だから貴方にも見せたくなった。少し不安げに言う彼女から贈られたのは、繊細な江戸切子のグラス。

「とても綺麗だね。ありがとう」

微笑めばほっと息をつく。その手を取ってまた口を開いた。

「今度その店に、君と行きたいな」

「……気に入らない？」

「まさか」

今度は君の分を買いに行こう。

And the Day of……ビキニスタイルの日、穴子の日、農林水産省発足記念日、名護の日、栄西忌
[日本臨済宗の開祖・栄西の1215(建保3)年の忌日]

【7月6日は記念日の日】

今日は何の日～毎日が記念日～（http://www.nnh.to）運営者が1998（平成10）年に、毎日のようにある記念日にもっと関心を持ってもらおうと制定。「記念日」という言葉を一般に定着させた「サラダ記念日」に因む。


彼は事あるごとに、なんやかやと理由をつけて祝い事をしたがる。初めて一緒に食事をした日、初めて一緒に出かけた日、他諸々。

「貴方の記念日は多すぎる。覚えきれないわ」

「いいんだよ、僕が覚えているから」

毎日を記念日で塗り潰すのも、素敵じゃないか。悪びれない顔で言われて言葉を失った。

And the Day of……サラダ記念日、公認会計士の日、零戦の日

【7月7日はギフトの日】

全日本ギフト用品協会が１９８７（昭和62）年に、同協会が社団法人化されたことを記念して制定。

七夕は牽牛と織女が年に一度出会う日ということから。

彼は事ある毎に贈り物をしてくれる。似合いそうだから。好きそうだから。そんな言葉と共にいつの間にやら受け取らされている品々。

自分も彼に何か返したい。けれど、何が彼の気にいるのやらわからない。溜息を吐いてふと見たショーウィンドウに、目が吸い寄せられた。きっと彼に似合うと直感した。

And the Day of……七夕、七夕の節句、ラブ・スターズ・デー、サマーラバーズデー、サマーバレンタインデー、川の日、竹・たけのこの日、ゆかたの日、乾麺デー、ポニーテールの日、香りの日、冷やし中華の日、カルピスの日、世界遺産の日［和歌山県］、秋桜子忌［俳人・水原秋桜子の１９８１（昭和56）年の忌日］

【7月8日は質屋の日】

全国質屋組合連合会が制定。

七（しち）八（や）で「しちや」の語呂合せ。

オー・ヘンリー短編集を読み返す。「賢者の贈り物」が心に残る。デラの髪の描写につい思い浮かぶのは、愛しい人の姿。

自分と彼女がジムとデラのように貧しかったら、きっと同じことをする。自分は質屋に何を売ってでも彼女に髪飾りを買い、彼女はその美しい髪を売ってしまうのだろう。愚かしくも優しい物語。

And the Day of……なはの日、中国茶の日、ナンパの日

【7月9日はジェットコースターの日】

１９５５（昭和30）年のこの日開園した後楽園遊園地に日本初の本格的なジェットコースターが設置された。

彼女と遊園地に行った。あまり来たことがないと言う彼女は活気と人の多さに圧倒されている。逸れるのが怖いのか、少し不安げにぴたりと寄り添ってくる。

まずは何をしようか。回転木馬、観覧車、ショーもいい。

でも折角だ。予備知識なしでジェットコースターに乗せてやろう。忍び笑うと彼女が怪訝な顔をした。

And the Day of……鴎外忌［小説家・森鴎外の１９２２（大正11）年の忌日］

【7月10日は潤滑油の日】

全国石油工業協同組合が制定。

〇ーLを半回転させると710に見えることから。

褒め言葉と愛の言葉はとても重要だ。人間関係の潤滑油。ずっと寄り添いあっている為には欠かせない言語。

綺麗だね、可愛いよ、大好きだよ、愛してるよ。声も枯れよと何度でも。彼女の長所なら何時間だって語れる。

やめてと消え入りそうな声が言う。白い頬が真っ赤だ。可愛いね、また声が溢れた。

And the Day of……納豆の日、指笛の日、ウルトラマンの日、四万六千日［浅草・浅草寺の縁日で、この日に参詣した者には4万6千日参詣したのと同じご利益や功徳があるとされている。本来は7月10日だけであるが、9日から行われる「ほおずき市」に合わせて9日にも法要が行われている」

【7月11日は世界人口デー（World Population Day)】

国連人口基金（UNFPA）が1989年に制定。国際デーの一つ。

1987年のこの日に、地球の人口が50億人をこえたことから、世界の人口問題への関心を深めてもらう為に制定された。

国連は、この日にユーゴスラビア（当時）のザグレブで生まれた男の子を50億人目と認定し、デクエヤル事務総長がかけつけて祝福した。

1999（平成11）年10月12日には60億人を突破し、毎年約7800万人のペースで増加している。


この広い世界は人に溢れている。どちらを向いても人、人、人。

出会っては別れ、通り過ぎ擦れ違う。その中で彼女といま時を重ねている事は、まさに奇跡。

人波の中から彼女は自分を見つけ出し、自分は彼女に引き寄せられた。運命に導かれるようにして二人は巡り会った。きっとこの先も、ずっと共に。

And the Day of……職業教育の日、真珠記念日、ＹＳ－１１記念日、アルカリイオン水の日、セブンイレブンの日

【7月12日はラジオ本放送の日】

１９２５（大正14）年のこの日、東京放送局（現在のＮＨＫ）がラジオの本放送を開始した。仮放送が始まったのはその年の３月22日だった。


ラジオからは女性歌手の歌声。聞き流しながら本を捲っていた。

大好きよ、ずっと傍にいてね。私を離さないで、永遠に。歌手が甘く歌う。

可能ならば自分だって、ずっと彼と共にいたい。分不相応な願いと知ってはいても。

突然手を取られて驚く。優しい囁きが落とされた。

「僕は君を離さないよ」

And the Day of……ローリング・ストーンズ記念日、人間ドックの日、洋食器の日、ひかわ銅剣の日

【7月13日はナイスの日】

七（な）一（い）３（スリー）で「ナイス」の語呂合せ。

ナイスなこと、素敵なことを見付ける日。


日常に転がる様々の素敵な出来事がある。彼はそれを見つけるのがとても上手い。

お釣りが777円だった。角の花が綺麗だった。いつも澄ましている猫が自分から寄ってきた。嬉しそうに語る彼が眩しい。

彼の眼に映る世界はきっと自分が見るより鮮明で美しい。そしてそんな彼こそ、誰よりも美しい。

And the Day of……生命尊重の日、もつ焼の日、日本標準時制定記念日、オカルト記念日、盆迎え火［盆の初日。夕方に祖先の精霊を迎える為に、芋殻、麻幹などを門口で燃やして、煙を焚く。月遅れの8月13日や旧暦7月13日に行う地方もある」、艸心忌、吉野秀雄忌［歌人・吉野秀雄の１９６７（昭和42）年の忌日。住居の名「艸心洞」から「艸心忌」とも呼ばれる」

【7月14日はひまわりの日】

1977（昭和52）年のこの日、日本初の静止気象衛星「ひまわり1号」がアメリカのケネディ宇宙センターから打ち上げられた。


天気予報を見る。明日は晴れ。

空の彼方から地球を見守っている気象衛星に思いを馳せる。あまりにも広く寒い宇宙から、一人ぼっちでこの惑星を見下ろしているひまわり。

自分もあの人と出会うまで、ずっと寂しかった。癒えない孤独を抱えていた。

この広い世界で巡り会えた奇跡を、決して忘れない。

And the Day of……検疫記念日、パリ祭、フランス建国記念日、ペリー上陸記念日、廃藩置県の日、内視鏡の日、ゼラチンの日、ゼリーの日

【7月15日は中元】

半年生存の無事を祝い、祖先の霊を供養する日。

元々は正月15日の上元、7月15日を中元、10月15日の下元をあわせて「三元」とする道教の習慣で、中国仏教ではこの日に祖霊を供養する「盂蘭盆会」を行った。日本では江戸時代から商い先やお世話になった人等に贈り物をするようになった。

彼女からお中元が届いた。旬のフルーツのゼリーの詰め合わせ。きらきらと美しい。

今度来たら一緒に食べようと冷蔵庫に入れながら、一人笑う。彼女の家にもお中元が届いている頃だろう。

同じく旬のフルーツの生菓子。彼女は喜んでくれるだろうか、食べきれないと困った顔をするだろうか。楽しみだった。

And the Day of……盆、盂蘭盆会、大阪港開港記念日

【7月16日は国土交通Ｄａｙ】

国土交通省が２００１（平成13）年に制定。
１９９９（平成11）年のこの日、国土交通省設置法が公布された。
国土交通行政に関する意義、目的、重要性を理解する日。

今度の休みに車でどこかに行こう。彼に言われて、頷いた。
嬉しそうに笑った彼が持ち出してきた地図を二人で見る。この国道に出て、ここから高速に乗って、ここで降りて。楽しげな彼の声を聞きながら、弾む自分の心を感じて驚いた。休みが待ち遠しいなど、彼と出会う前は思いもよらなかったから。

And the Day of……駅弁記念日、外国人力士の日、虹の日、籔入り、盆送り火、閻魔賽日、十王詣、カラヤン忌［「楽壇の帝王」と呼ばれたオーストリアの指揮者・カラヤンの

１９８９年の忌日。友人でもあったソニーの大賀典雄社長とカラヤンの自宅で会談中に心不全となり、大賀の腕に抱かれて亡くなった」

【7月17日は漫画の日】

１８４１年のこの日、イギリスの絵入り諷刺週刊誌『パンチ』が発刊された。１９９２年に終刊になるまで１５１年間発行されていた。日本では、１８６２（文久２）年に日本語版の『ジャパン・パンチ』が刊行された。


新聞を読んでいた彼がふと笑いを漏らした。見やると、顔を上げた彼と目が合う。

「君も見るかい」

指し示されたのは漫画の欄。どこにでもいそうな家族の穏やかな日常。

笑うよりも憧れる。自分も彼と、こんな風に時を重ねていけたなら。

新聞を返す時に手と手が触れ合う。とくりと胸が高鳴った。

And the Day of……国際司法の日（World Day for International Justice）、理学療法の日、あじさい忌［俳優・石原裕次郎の１９８７（昭和62）年の忌日。石原裕次郎があじさいの花が好きだったことから「あじさい忌」と呼ばれるようになった］、茅舎忌［俳人・川端茅舎の１９４１（昭和16）年の忌日］

【7月18日は光化学スモッグの日】

1970(昭和45)年のこの日、東京都杉並区で日本初の光化学スモッグが発生した。

立正高校で体育授業中の生徒が突然目の痛みや頭痛等を訴えて倒れ、43人が病院へ運ばれた。東京都公害研究所は、窒素酸化物(NO×)が紫外線によって有毒な物質に変化して起こる光化学スモッグであると推定した。

買い物に出る用意をしていると、彼女が慌ててた様子で部屋に来た。

「いま外に出ないで。光化学スモッグが出ているって」

「そうなのか」

手を止め窓の外を見る。確かに日差しは強い。

「教えてくれてありがとう」

微笑んでその髪に触れる。彼女は僅かに頬を染め、ほっとしたように笑った。

And the Day of……ネルソン・マンデラ・デー、大河内伝次郎忌〔映画俳優・大河内伝次郎の1962（昭和37）年の忌日〕

【7月19日は戦後民主主義到来の日】

1949（昭和24）年のこの日、新しい民主主義の到来を謳った青春映画『青い山脈』が封切られた。

珍しく彼女と意見が分かれた。自分も譲る気はないが彼女も譲らない。意見を引っ込めがちの彼女が珍しく主張してくれるのは嬉しい。だが、このまま平行線でも困る。自分が折れてもいいのだが、彼女に罪悪感を残しそうだ。頭を悩ませてから、ふと思いついた。口に出す。

「民主的に、じゃんけんでどうだい」

And the Day of……女性大臣の日、北壁の日、サイボーグ００９の日、やまなし桃の日

【7月20日はTシャツの日】

愛知県のファッションメーカー・ファッションミシマヤが制定。

「T」がアルファベットの20番目の文字であり、また、「海の記念日」がTシャツのイメージにふさわしいことから。

彼女が珍しくTシャツを着てきた。真っ白の生地が目に鮮やかだ。珍しいねと笑うと少し拗ねた顔をされる。

「私だって、Tシャツくらい着るわ」

ごめんよと謝りながらまた笑ってしまう。似合っていないわけではないが、やはり目新しい。

今日は海でも見に行こうか。青い海は白服の彼女をさぞ輝かせるだろう。

And the Day of……月面着陸の日、ビリヤードの日、ハンバーガーの日、(旧)海の記念日、

(旧)海の日

【7月21日は破防法公布記念日、公安調査庁設置記念日】

１９５２（昭和27）年のこの日、「破壊活動防止法（破防法）」が公布・施行され、同時に公安調査庁が設置された。


がしゃんと音が響いて振り返る。彼女の足元の床に皿の残骸らしきものが散らばっていた。

「ごめんなさい！」

「ああ、いいよ、触らないで」

慌てて拾い集めようとする彼女を制する。怪我でもしては事だ。

申し訳なそうにする彼女に怪我がないか確かめる。幸い無事な様子だった。

「皿よりも君の方が大事だよ」

And the Day of……神前結婚記念日、日本三景の日

【7月22日は円周率近似値の日】

ヨーロッパでは7月22日を22/7のように表現し、これを分数（7分の22）とみなすと、アルキメデスが求めた円周率の近似値22/7になることから。

今宵の月は満月だ。真円を描く美しい月。灯りを落とした寝室の窓辺で、二人で見上げていた。

開けた窓から夜風が吹き込み、彼の髪を、自分の髪を撫でていく。少し暑いこの夜、吹き抜ける風が心地よい。

「綺麗な月だね」

「とても綺麗ね」

目を細めて彼女が同意する。穏やかで幸せな時間だった。

And the Day of……下駄の日、著作権制度の日、ナッツの日

【7月23日は文月ふみの日】

郵政省（現在の日本郵政グループ）が1979（昭和54）年から実施。

毎月23日は「ふ（2）み（3）」の語呂合せから「ふみの日」となっているが、7月の旧称が「文月」であることから、特別に「文月ふみの日」としてさまざまなイベントを実施している。


彼女から手紙が届いた。ふみの日の記念切手、朝顔の柄の便箋。丁寧な字で綴られているのは、控えめで優しい愛の言葉。悩みながら書いたのだろう、所々には手を止めたらしき隙間。

これからもずっと貴方といたい。結びの言葉に心が温かくなる。そうだね、ずっと二人一緒にいよう。

署名にそっと口付けた。

And the Day of……米騒動の日、カシスの日

【7月24日は河童忌、我鬼忌、龍之介忌「蜘蛛の糸」】

1927（昭和2）年のこの日、小説家の芥川龍之介が多量の睡眠薬を飲んで自殺した。代表作の『河童』から、「河童忌」と名付けられた。

大きめの蜘蛛が部屋の隅を這っていた。殺すにも忍びなく、袋に追い込んで部屋から出してやる。

その夜、夢を見た。

『儂は蜘蛛の神じゃ。何か望みはあるか？』

顎髭を蓄えた老人が言う。何かを思う前に言葉が滑り落ちた。あの人と自分の運命を、その糸で繋ぎ合わせて下さい。

お安い御用。神様が笑った。

And the Day of……劇画の日、地蔵盆、地蔵会

【7月25日はかき氷の日】

日本かき氷協会が制定。

七（な）2（ツー）五（ご）でかき氷のかつての名前「なつごおり」（夏氷）の語呂合せと、この日に日本の最高気温が記録されたことから。

店でかき氷を食べる。自分は苺、彼女は練乳。

味見させてくれないか。ねだると彼女は案外あっさりと頷いた。器を回そうとするのを制して口を開けてみせる。意図を理解して頬を染める彼女を目で急かす。

彼女は渋々ひと匙を口に運んでくれた。優しい甘さ。

「美味しいね」

今度はお返しをしなければね。

And the Day of……最高気温記念日、知覚過敏の日、うま味調味料の日、はんだ付けの日、体外受精の日、日本住宅公団発足記念日、甘露忌、不死男忌〔俳人・秋元不死男の1977（昭和52）年の忌日〕

【7月26日は幽霊の日】

１８２５（文政８）年のこの日、江戸の中村座で四世鶴屋南北作『東海道四谷怪談』が初演された。

東海道四谷怪談（通称『四谷怪談』）は、夫民谷伊右衛門に毒殺された四谷左門の娘お岩の復讐話で、江戸の町に実際に起こった事件をモデルにしている。


「君はお化けを何歳まで信じてた？」

「幽霊のこと？」

ふと尋ねると、彼女はことんと首を傾げた。少し考えてから、呟く。

「初めから、信じてなかった」

「君はそうだろうね。お化けも妖精も信じない現実的な子どもだったんだろうね」

「何言ってるの。妖精はいるのよ」

今なんて？

【7月27日はスイカの日】

スイカは夏の果物を代表する「横綱」であり、スイカの縞模様を綱に見立て、七（な）2（ツー）七（な）で「夏の綱」とよむ語呂合せから。

西瓜を買ってきて切った。皮の白い部分も取っておいて、漬物にする。一口大に切り分けた西瓜を味見する。瑞々しくよく冷えて、甘くて美味しい。彼女の来てくれる今夜は花火大会。折角だ、ベランダに出て食べよう。蚊取り線香を焚きながら、西瓜と枝豆を摘まもう。ビールも冷やしておこう。心が弾んだ。

【7月28日は菜っ葉の日】

七（な）2（ツー）八（は）で「なっぱ」の語呂合せ。

葉物野菜のおひたしを食卓に並べる。鮮やかな緑色の上に、鰹節と出汁醤油をかけて。

二人で手を合わせ、食べ始めた。彼女の味噌汁は少し薄口だが美味しい。

「ほうれん草は苦手だったかい」

おひたしを一口だけ食べて魚ばかりつついている彼女に問うと、彼女が少し頬を染めた。

「逆なの。大好き」

And the Day of……世界肝炎デー（World Hepatitis Day）、地名の日、なにわの日、乱歩忌［日本の推理小説の生みの親、江戸川乱歩の１９６５（昭和40）年の忌日］

【7月29日は福神漬の日】

漬け物メーカーの新進が制定。

福神漬の名前の由来である七福神から、七（しち）二（ふ）九（く）で「しちふく」の語呂合せ。


今夜は夏野菜のカレーだ。鮮やかに赤い福神漬けを添え、味は中辛。二人で手を合わせて匙をとる。思ったよりスパイスが効いていた。

「辛くないかな」

「丁度いいわ」

返答に一安心しながらも、彼女が水に手を伸ばす頻度が気になる。ふと目が合った彼女が苦笑した。

「美味しいって言ってるじゃない」

And the Day of……アマチュア無線の日、白だしの日

【7月30日は梅干の日】

和歌山県みなべ町の東農園が制定。「梅干しを食べると難が去る」と昔から言われてきたことから「なん（7）がさ（3）る（0）」の語呂合せ。

食卓に置いた梅干しが減らない。彼女が一向に手を伸ばさない。梅干しは嫌いかい。問うと少し恥ずかしげに顔を赤くする。
「あまり、得意じゃなくて」
そうかと納得する。苦手な物を無理に食べる必要もない。だが、彼女は躊躇ってから恐る恐る一つを取った。口にしてきゅっと顔を顰める。思わず笑った。

And the Day of ……プロレス記念日、宗祇忌［連歌師・宗祇の1502（文亀2）年の忌日］、左千夫忌［歌人・小説家の伊藤左千夫の１９１３（大正２）年の忌日］、露伴忌、蝸牛忌［小説家・幸田露伴の１９４７（昭和22）年の忌日］、谷崎忌、潤一郎忌［小説家・谷崎潤一郎の１９６５（昭和40）年の忌日］

【7月31日は蓄音機の日】

１８７７年のこの日、エジソンが蓄音機の特許をとった。

文学館を訪れると月に一度だという催しが開かれていた。文豪の愛した音楽を当時と同じ蓄音機で聞く会。折角だと二人で参加する。学芸員がレコードをセットし、ハンドルを回す。やがて流れ出すのは少しざらついたジャズ。目を閉じて聴き入る。時を遡るようにゆったりと流れる時間。幸福を噛み締めた。

And the Day of……パラグライダー記念日

8月（葉月）

【8月1日は洗濯機の日】

この日が「水の日」であることから。

水の日は国土庁（現在の国土交通省）が1977（昭和52）年に制定。1年を通して8月が一番水を使う量が多い月であることから、その月の最初に節水を呼びかける為にこの日を記念日とした。


今日はからりと晴れた洗濯日和。嬉しい気分で、シーツから何から洗濯機に押し込んだ。

やがて洗濯機が終了のメロディを奏でる。洗い上がりを籠に入れてベランダへ出た。洗濯物を干し、敷布団も日に当てる。

今日は彼女の訪れてくれる日。洗い立てのシーツに二人で包まり、陽だまりのような夢を見よう。

And the Day of……水の日、自然環境クリーンデー、肺の日、麻雀の日、世界母乳の日、パインの日、島の日、花火の日、愛知発明の日、バイキングの日、夏の省エネルギー総点検の日、新綿花年度、八朔、田の実の節句

【8月2日は金銀の日】

1928（昭和3）年のこの日、アムステルダムオリンピックで、陸上三段跳びの織田幹雄が日本人初の金メダル、陸上800mの人見絹枝が日本人女性初のメダルとなる銀メダルを獲得した。

彼女はとても美しい。その姿も、心も。彼女自身は自分に自信を持てない様子だけれど、その謙虚さも含めて自分は彼女を愛さずにはいられない。
ぎこちなく触れてくれる指先が愛しい。時折零してくれる淡い笑顔はあまりにも美しい。誰にも譲らない、誰にも渡さない。金銀財宝よりも尊い自分の宝物。

And the Day of……カレーうどんの日、ホコ天記念日、博多人形の日、パンツの日、ハーブの日、ビーズの日、バズの日、鬼貫忌［俳人・上島鬼貫の1738（元文3）年の忌日］

【8月3日ははちみつの日】

全日本はちみつ協同組合と日本養蜂はちみつ協会が1985（昭和60）年に制定。

八（はち）三（みつ）で「はちみつ」の語呂合せ。
3月8日は両組織が制定した「みつばちの日」となっている。

寝る前にはちみつ入りのホットミルクを飲むのが習慣になっている。少し寝つきが悪い彼女のために始めたこの習慣。
ほんのりと甘い、温かい液体は幸せの味。両手でマグカップを包み込みながら、ハニーミルクと会話を味わう。
飲み干す頃には程よい眠気がやってくる。今夜も良い夢が見られそうだ。

And the Day of……司法書士の日、学制発布記念日、ハサミの日、ハモの日

【8月4日はゆかたの日】

兵庫県城崎町の城崎温泉観光協会が制定。
「城崎ふるさと祭り」の開催日。

浴衣に着替えて、二人ベランダで涼む。少し風があるが、蒸し暑い。暑いねと呟くとそうねと答えてくれる。そのやりとりが幸せだった。彼女を見やれば、団扇を使いながら空を見ている。白い頸を伝う汗。どうしたの、暑いの。視線に気づいた彼女がこちらを扇いでくれる。見当違いの好意が愛しかった。

And the Day of……箸の日、橋の日、吊り橋の日、ビヤホールの日、夕爾忌［詩人・俳人の木下夕爾の1965（昭和40）年の忌日］

【8月5日はハコの日】

東京紙器工業組合が1991（平成3）年に制定し、全国の紙器段ボール箱工業組合が実施。

「は（8）こ（5）」（箱）の語呂合せ。

君に受け取って欲しいんだ。言われて半ば押し付けられたのは一つの小箱。

「よかったら、今開けてくれないか」

困惑しながら弄んでいると、彼の言葉が被せられる。彼がそう言ってくれるならと、リボンに手をかけた。

リボンを解く。包装紙を剥がす。そして、そっと箱の蓋を取った。

And the Day of……世界ビール・デー（International Beer Day）、タクシーの日、はしご車の日、ハンコの日、ハードコアテクノの日

【8月6日は雨水の日】

東京都墨田区が1995（平成7）年に制定。

墨田区では、区役所・両国国技館・江戸東京博物館等区内の公共施設で雨水を有効利用している。1994（平成6）年のこの日、墨田区で市民主体による世界初の雨水利用国際会議が開かれたことに因み、翌年の雨水フェアでこの日を「雨水の日」とすることを宣言した。

激しい雨、遠くで鳴る雷。部屋の中から窓の外を見ていた。

彼女の到着後すぐに降り出した雨は止む気配を見せない。日照り続きだったところへの恵みの雨だが、この勢いでは心配にもなる。

「止まないね」

漏らした言葉は、本当に言いたい言葉ではなかった。泊まっておいきよと、言う瞬間を計りかねて。

And the Day of……広島平和記念日、広島原爆忌、World Wide Webの日、太陽熱発電の日、ハムの日、ハンサムの日

【８月７日は月遅れ七夕】

本来は旧暦７月７日の行事であるが、明治の改暦以降は新暦の７月７日や月遅れの８月７日に行われる。

今日は月遅れの七夕だから星を見よう、折角だから浴衣も着て。彼に言われれば断る理由はない。
夕食の後、浴衣に着替えてベランダに出た。同じく着替えた彼に綺麗だよと褒められて、頬が熱くなる。
指を絡ませあって晴れた夜空を見上げる。天上の二人も、こうして手を取り合っているのだろうか。

And the Day of……鼻の日、花の日、バナナの日、機械の日、オクラの日

【8月8日は笑いの日】

「敬老の日」の実現に中心となった日本不老協会が中心となって発足した「笑いの日を作る会」が1994（平成6）年に制定。

笑い声「ハ（8）ハ（8）ハ」の語呂合せ。

彼の笑い声が好きだ。朗らかで明るいその声を聞くとほわりと心が温かくなる。

向かい合う彼の楽しげな笑い声に、思わず唇が緩む。ふと彼が笑いを引っ込めた。酷く真剣な眼差し。不安を覚えていると、出し抜けに彼が破顔した。

「君の笑顔はとても綺麗だ」

大好きだよ。甘い囁きに頬が熱くなった。

And the Day of

……そろばんの日、ヒゲの日、ひょうたんの日、タコの日、白玉の日、洋食の日、鍵盤の日、デブの日、歯並びの日、ぱちんこの日、まるはちの日、親孝行の日、発酵食品の日、おばあさんの日、プチプチの日、パパイヤの日、葉っぱの日、ちょうちょうの日、子ども会の日、エプロンの日、世阿弥忌［能楽師・世阿弥の1444（文安元）年頃の忌日］、国男忌、柳叟忌［詩人・民俗学者の柳田国男の1962（昭和37）年の忌日］、守武忌［俳諧師・荒木田守武の1549（天文18）年の忌日］

【8月9日はハグの日】

広島市の「ハグの会」が2007（平成19）年に制定。は（8）ぐ（9）の語呂合せ。

出し抜けに抱きしめられて驚く。抱きしめる腕の中で体を捻って彼の顔を見た。


「何なの」

「いいじゃないか。抱きしめたくなったんだよ」

にこやかに答えた彼が、更に腕に力を込めた。少し苦しい。けれど。

「君だって嬉しく思ってくれるだろう?」

見透かしたように言われては頷くしかなかった。

And the Day of……長崎原爆忌、長崎原爆犠牲者慰霊平和祈念式典、世界の先住民の国際デー

（International Day of the World's Indigenous People）、ムーミンの日、形状記憶合金の日、はり・きゅう・マッサージの日、パークの日（駐車場の日）、薬草の日、美白の日、野球の日、パクチーの日、太祇忌、不夜庵忌［俳諧師・炭太祇（不夜庵）の1771（明和8）年の忌日］

【8月10日は道の日】

建設省（現在の国土交通省）道路局が１９８６（昭和61）年に制定。

１９２０（大正９）年のこの日、日本初の近代的な道路整備計画が決定した。

二人での散歩の途中、いつもと違う道を通ってみた。いつもと違う景色、いつもと違う花、いつもと違う通行人。

降り注ぐ眩い日差し、吹き抜ける風。明るい夏の午後と、平穏を噛みしめる。

人目のない事を確認して絡め取った指先を、彼女は嫌がらなかった。嬉しくなる。

この道を何処までも、君と歩きたい。

And the Day of……宿の日、健康ハートの日、ホームヘルパーの日、帽子の日、焼き鳥の日、鳩の日、はとむぎの日、パレットの日、バイトの日、トイレの日、バトンの日、サ

ン・ロレンツォの日、西鶴忌［俳諧師・浮世草子作家の井原西鶴の１６９３（元禄６）年の忌日］

【8月11日は山の日】

山に親しむ機会を得て、山の恩恵に感謝する国民の祝日。

２０１４（平成26）年に「山の日」を制定する祝日法改正法が可決され、２０１６（平成28）年から施行される。

「海の日もあるなら山の日も」ということで制定運動が起こった。お盆前の8月12日とする予定だったが、日航１２３便墜落事故と同じ日であるとして反対され、8月11日とした。8月11日という日付に特に意味はない。


二人で高原のハイキングコースを歩く。空に近いせいか、眩いばかりの日差し。高山植物が涼しい風に揺れている。風穴を覗き込むと、奥に雪が仄白く光る。

ちょっと滑るよ、気をつけて。差し出した手を、彼女は少し迷ってからおずおずと取ってくれた。嬉しくなって、しっかりと握り返す。もう離さないよ。

And the Day of……ガンバレの日、円朝忌［落語家・三遊亭円朝の１９００（明治33）年の忌日。「落語中興の祖」「大円朝」と呼ばれ、『芝浜』『文七元結』『牡丹燈籠』などの現代まで継承される演目を創作した］

【8月12日は太平洋横断記念日】

１９６２（昭和37）年のこの日、堀江謙一が小型ヨット「マーメイド号」で太平洋単独横断に成功し、サンフランシスコに到着した。


浜辺から太平洋を望む。青く広い大海原、打ち寄せる白い波。

潮風が彼女の髪を嬲る。絹の髪が眩いばかりの日光を浴びて輝く。その美しさに見惚れていると、視線に気づいたのか彼女が振り返った。

「なあに」

「いや、君があまりに綺麗だから」

思ったまま告げる。彼女は顔を赤くして、揶揄わないでと呟いた。

And the Day of……国際青少年デー（International Youth Day）、航空安全の日（茜雲忌）、君が代記念日、配布の日

【8月13日は函館夜景の日】

函館出身の大学生の投書がきっかけで、函館夜景の日実行委員会（函館青年会議所・函館観光協会等）が１９９１（平成３）年から実施。

「や（8）けい（K＝トランプの13）」の語呂合せ。

ロープウェイで登った函館山から夜景を見る。街の輝き、暗い海に灯る漁火。

「綺麗だね」

息を飲んで見入っている彼女に囁きかける。振り返った彼女がふわりと笑った。

「ええ、とても」

その微笑みがあまりにも美しくて、この美しい景色に似合っていて。思わず手を伸ばして抱きしめた。

And the Day of……左利きの日、月遅れ盆迎え火、水巴忌［俳人・渡邊水巴の１９４６（昭和21）年の忌日］

【8月14日は専売特許の日】

1885（昭和60）年のこの日、日本初の専売特許が交付された。7月に施行された「専売特許条例」に基くもので、堀田瑞松の錆止め塗料ほか7件が認められた。


彼は甘やかすのも甘えてくるのも上手だ。ごく自然に自分の膝を枕にしていた彼に感嘆して、思わず呟くと。

「当たり前じゃないか」

笑って起き上がった彼に抱き寄せられて、気づけば頭は彼の膝の上に。髪を撫でてくれながら、彼は甘く囁いた。

「君を甘やかすのも、君に甘えるのも、僕の専売特許だよ」

And the Day of……聖マキシミリアノ・コルベ神父の祝日

【8月15日は終戦記念日、敗戦記念日、全国戦没者追悼式】

1945(昭和20)年8月14日、政府はポツダム宣言を受諾し、翌15日の正午、昭和天皇による玉音放送によって日本が無条件降伏したことが国民に伝えられた。これにより第二次世界大戦が終結した。

内務省の発表によれば、戦死者は約212万人、空襲による死者は約24万人だった。

1982(昭和57)年4月の閣議決定により「戦歿者を追悼し平和を祈念する日」となった。

1963(昭和38)年から毎年、政府主催による「全国戦没者追悼式」が行われ、正午から1分間、黙祷が捧げられる。

珍しく大喧嘩をしてから三日。彼女からは何の音沙汰もない。

もう怒りは冷めて、後悔だけが残っている。あんなにムキにならなくても良かった。こちらから折れれば良かった。

謝りに行こうと立ち上がった時、ドアベルが鳴った。開けると、泣きそうな顔で立ち尽くす彼女。

「「ごめんなさい」」

声が重なった。

And the Day of……月遅れ盆、刺身の日、聖母マリア被昇天祭（Assumption）、素堂忌［俳人・山口素堂の１７１６（享保元）年の忌日］

【8月16日は月遅れ盆送り火】

本来は旧暦7月16日であるが、明治の改暦後は、多くの地域で月遅れの8月16日に行われる。

お盆に帰ってきた先祖の霊を送り出す行事で、京都の五山送り火や長崎の精霊流しなどが有名である。

今日は長崎の街の精霊流し。宵闇の中、大小様々の舟を引いた人々が街を練り歩く。

響き渡るのは鐘の音、掛け声、それに爆竹の音。故人を極楽浄土へと送り出す弔いの響き。

また、近い所で爆竹が鳴った。びくりと隣の彼女が竦むのが分かる。そっと手を握ってみると、少し躊躇ってから握り返してくれた。

【8月17日はプロ野球ナイター記念日】

１９４８（昭和23）年のこの日、横浜ゲーリッグ球場で日本初のナイター・巨人対中部（現在の中日）戦が行われた。

「ナイター」という言葉もこの時初めて使われた。


プロ野球のナイター試合を二人で観に行った。人気の試合らしく、人が詰めかけている。

席について、売り子からビールを二人ぶん買う。カップを触れ合わせて口をつけた。

やがて始まる試合。ボールが投げられて。バットがボールを打つ小気味好い音。走り出す選手。ベースに滑り込む。夢中で応援した。

And the Day of……パイナップルの日、蕃山忌［陽明学者・熊澤蕃山の１６９１（元禄４）年の

忌日］、荒磯忌、高見順忌［小説家・詩人・評論家の高見順の１９６５（昭和40）年の忌日］

【8月18日は米の日】

「米」の字を分解すると「八十八」になることから。

今日は彼女の訪れが少し遅くなると言う。先に夕食をとは言ってくれたが、折角だ。訪れを待って二人で夕飯にしようと、ご飯の炊き上がりを少し遅くしている。

やがてご飯が炊けたが、まだ彼女が訪れない。まだだろうか。もうそろそろだろうか。玄関を気にしていた時、漸くドアベルの音が響いた。

And the Day of……高校野球記念日、ビーフンの日、太閤忌［豊臣秀吉の１５９８（慶長３）年の忌日。享年61。「露と落ち 露と消えにし 我が身かな 浪速のことは 夢のまた夢」の辞世を残した］

【8月19日は俳句の日】

正岡子規研究家の坪内稔典らが提唱し、1991（平成3）年に制定。「は（8）い（1）く（9）」の語呂合せ。
夏休み中の子ども達に俳句に親しんでもらう日。

新聞の俳句投稿欄を見るともなしに眺めていた。良し悪しなど分からないが、季節の事物をうまく詠み込んでいると感心する。
扇子、という語句に目を止めた。そうだ、彼女に今度扇子を贈ろう。出来ればお揃いか色違いで買い求めよう。何と言い繕って受け取らせようか。楽しく頭を巡らせた。

And the Day of……バイクの日、義秀忌［小説家・中山義秀の1969（昭和44）年の忌日］

【8月20日は交通信号設置記念日】

1931（昭和6）年のこの日、銀座の尾張町交叉点（現在の銀座4丁目交叉点）・京橋交叉点などに、日本初の3色灯の自動信号機が設置された。


信号待ちをしていると、後ろから肩を叩かれた。振り返ると、彼の笑顔。思わぬ邂逅に一瞬言葉が出なくなる。

「奇遇だね。仕事かい？」

「ええ」

何とか頷く。彼は少し残念そうな顔をした。

「そうか、じゃあお茶に誘うわけにもいかないね」

「……少しなら」

本当かい。彼の声が弾んだ。

And the Day of……NHK創立記念日、蚊の日、定家忌［鎌倉時代の歌人・藤原定家の1241（仁治2）年の忌日。「小倉百人一首」の撰者と言われている］

【8月21日はパーフェクトの日】

１９７０（昭和45）年のこの日、プロボウラー中山律子が女子プロボウラー初のパーフェクトゲームを達成した。

今日は完璧な日だった。一日を振り返って、しみじみと思う。

朝の目覚めがとても良くて、朝食の卵がとても良い茹で加減に仕上がって、散歩に出ればばったりと彼女に出くわして、家に招いた彼女は素直についてきてくれた。

二人で一日を過ごし、いま彼女は腕の中にいる。彼女と幸福とを抱いて目を閉じた。

And the Day of……女子大生の日、噴水の日、献血の日、県民の日［福島県］、県民の日［静岡県］

【8月22日は藤村忌「夜明け前」】

小説家・島崎藤村の1943（昭和18）年の忌日。

『夜明け前』などの作品を残し、自然主義の代表的作家とされている。


苦しい夢からはっと目覚めた。暗い部屋。窓の外が暗い。夜明けは、まだ遠い。

震える息を吐いたとき、寝台が軋んだ。

「悪い夢でも？」

眠っていると思っていた彼が囁いた。腕を伸ばして抱きしめてくれる。その温かさに安堵した。思わずその胸に顔を寄せる。

悪夢の名残など、もう吹き飛んでいた。

の１９４３（昭和18）年の忌日。『夜明け前』などの作品を残し、自然主義の代表的作家とされている」

【8月23日は奴隷貿易とその廃止を記念する国際デー（International Day for the Remembrance of the Slave Trade and Its Abolition）】

国際デーの一つ。１９９８年にユネスコが制定。

１７９１年のこの日、フランス植民地のサン＝ドマング（現在のハイチ）で、大西洋奴隷貿易廃止の重要なきっかけとなったハイチ革命が始まった。

彼女はとてもよく気を回してくれる。いじらしいほど、見ていて痛々しいほど。

喉が渇いたなと思う時にはもうすでに冷たい飲み物を持ってきてくれているなどざらだ。常に先回りをしてさりげなく気遣ってくれる。

甲斐甲斐しい彼女が愛しくて、けれど時々悲しくなる。君は僕の奴隷ではないのに。

And the Day of……白虎隊自刃の日、一遍忌、遊行忌［時宗の開祖・一遍上人の1289（正応2）年の忌日］

【8月24日はポンペイ最後の日】

西暦79年のこの日、イタリアのヴェスビアス火山が突然噴火し、麓のポンペイの市街が約8メートルの火山灰により埋没した。

1738年に農夫がこの遺跡を発見し、発掘により当時の町の様子がそのまま出現した。歴史小説家リットンの『ポンペイ最後の日』は、この大噴火を題材にしたものである。


夕闇の迫る道を二人で歩く。昼間の暑さがじわじわと薄れていく黄昏の街。

ふと手が触れ合った。それが当たり前の様に握り込まれる。いつ誰に会うともしれない公道なのに、なぜかその手を振り払えなかった。

赤い世界、長い影法師、手の中の温度。暮れていく世界はまるで、幸せな終わりを待っているかのようだった。

And the Day of……愛酒の日、月遅れ地蔵盆

【8月25日はサマークリスマス】

ＴＢＳの林美雄アナウンサーがパーソナリティーをしていたラジオ番組「パックインミュージック金曜２部」の中で、「夏にもクリスマスのようなイベントを作ろう」ということで、林アナの誕生日を夏のクリスマスとして盛り上げようということになった。

この日には、ＴＢＳ近くの公園でささやかなイベントが開かれた。

いつもと同じ訪問のつもりだったのに。

「今日はサマークリスマスというらしいよ」

開口一番そう言われて、連れ込まれた居間は飾り付けがなされていた。食卓にはご馳走にケーキ。

プレゼントを押し付けられて慌てる。自分は何も用意していない。

「君からはキスしてほしいな」

彼は笑った。

And the Day of……即席ラーメン記念日、東京国際空港開港記念日、川柳発祥の日

【8月26日は人権宣言記念日】

１７８９年のこの日、フランスの憲法制定国民議会が「人間と市民の権利の宣言」（フランス人権宣言）を採択した。

自分に権利などあろうはずもないと思っていた。

自分は人権など持たないただの歯車、ただの機械。それで十分だと思っていたのに。

『そんなことを言うんじゃない』

彼の悲しい瞳が、優しい口付けが、無いはずの心を揺り動かす。君は人間なんだ、幸せになる権利があるんだと、彼は優しい声で囁いた。

And the Day of……ナミビアの日、シルマンデー、ユースホステルの日、許六忌［江戸時代の俳人で松尾芭蕉の弟子の森川許六の正徳５（１７１５）年の忌日］

【8月27日は『男はつらいよ』の日】

1969（昭和44）年のこの日、山田洋次監督・渥美清主演の映画『男はつらいよ』シリーズの第1作が公開された。「フーテンの寅」が最初に登場したのはテレビドラマで、この時は最終回で寅さんは死亡した。しかし、あまりの反響の大きさのため映画で復活し、以来50作にも及ぶ世界最長の長編シリーズとなった。

男は辛いが女も辛い。けれど楽しい事や嬉しい事もある。だから、自分は生きていられる。

例えば、彼女が毎週のように訪れてくれる事。一緒に散歩をし、食事をしてくれる事。話しかければ答えてくれる事。時折淡い綺麗な笑みを見せてくれる事。そうした小さな幸福が降り積もって、生きる糧になる。

And the Day of……益軒忌［儒学者・貝原益軒の１７１４（正徳４）年の忌日］

【8月28日は気象予報士の日】

１９９４（平成６）年のこの日、第１回の気象予報士国家試験が行われた。合格率は18％だった。

明日はにわか雨にご注意くださいと、テレビから流れた声に振り返った。天気図を見てなるほどと思う。

洗濯を今日済ませておいてよかった。そう思いながら今度は彼女を振り返る。

「どうしたの」

「明日は雨らしいよ」

「そうみたいね」

だから明日も泊まっていきなよ。ついそう言いたくなってしまう。

And the Day of……民放テレビスタートの日、テレビＣＭの日、バイオリンの日、道元忌［曹洞宗の開祖・道元の１２５３（建長５）年の忌日」

【8月29日は文化財保護法施行記念日】


１９５１（昭和26）年に制定。

１９５０（昭和25）年のこの日、国宝・重要文化財等を保護するための基本となる法律「文化財保護法」が施行された。

前年1月26日に法隆寺金堂が全焼したのをきっかけに、文化財保護政策の抜本的改革が望まれ、従来の「国宝保存法」「重要美術品等保存法」「史蹟名勝天然記念物保存法」をまとめた「文化財保護法」が制定された。


二人で観にきた展覧会の目玉は重要文化財の屏風絵。空調の効いた寒いほどの展示室の中を巡る。人出も多くも少なくもなく、ゆったりと観て回れる。

チラシにも印刷されていた、本展示の目玉の屏風の前に立つ。繊細な筆致に引き込まれるようだ。彼女がじっくり眺めている様子なので傍で待った。

And the Day of……焼き肉の日、ケーブルカーの日、ベルばらの日、秋田県の記念日［秋田県］

【8月30日はハッピーサンシャインデー】

「ハッピー（8）サンシャイン（30）」の語呂合せ。

太陽のような明るい笑顔の人のための日。


彼の笑顔はまるで太陽。燦然と明るく輝き、人を惹き付けずにはいられない。

そんな彼に魅せられた自分は小さな蛍。愚かしくも、身の程知らずにも光に焦がれ、憧れと恋慕に身を焦がす。

「君は月のようだね。優しい、綺麗な、僕の光だ」

そう愛しげに彼が微笑んでくれるから、自分はまた身の程を忘れる。

And the Day of……国際失踪者デー（International Day of the Disappeared）、富士山測候所記念日、マッカーサー進駐記念日、ヤミ金融ゼロの日

【8月31日は野菜の日】

全国青果物商業協同組合連合会など9団体の関係組合が1983（昭和58）年に制定。

「や（8）さ（3）い（1）」の語呂合せ。

野菜を洗って切る。スープに入れるもの、サラダにするもの、おかずに使うもの。

スープを煮込み過ぎないように、おかずは焦げてしまわないように。二人で手分けをしながら料理をする。

「こちらはできたわ」

「こっちももうすぐだよ」

そうと頷いた彼女が皿を取り出してきてくれた。

9月（長月）

【9月1日は民放ラジオ放送開始記念日】

１９５１（昭和26）年のこの日、名古屋の中部日本放送と大阪の新日本放送（現毎日放送）が日本初の民放ラジオとして放送を開始した。


点けっ放しにしていたラジオから流れる曲が変わった途端、ふと彼女が顔を上げた。

「知ってる曲かい？」

「ええ。懐かしい」

母の好きだった曲。目を細めて彼女が呟く。それならしっかり聞きたいだろうと、ボリュームのつまみを調整した。

優しい旋律が部屋に満ちる。目を閉じて聞き入った。

And the Day of……防災の日、防災用品点検の日、くいの日、宝塚歌劇団レビュー記念日、キウイの日、マテ茶の日、霞ヶ浦の日［茨城県］、木歩忌［俳人・富田木歩の１９２３（大正12）年の忌日］

【9月2日はくつの日】

銀座の婦人靴専門店「ダイアナ」が１９９２（平成４）年に制定。「く（９）つ（２）」の語呂合せ。

訪れてくれた彼女が玄関で靴を揃えるのを見て、おや、と思った。

「靴を変えたのかい？」

尋ねると、驚いたように振り返った彼女が苦笑した。

「目敏いのね」

「いい靴だね。歩きやすそうだ」

褒めながら残念に思う。傷んでいたなら気付くべきだった、贈り物をするチャンスを逃してしまったと。

And the Day of……宝くじの日、天心忌［美術評論家・岡倉天心の１９１３（大正２）年の忌日。

東京美術学校の校長を務め、日本美術院の創立などに尽力した」

【9月3日はベッドの日】

日本ベッド工業会が制定。

「グッ（9）スリ（3）」の語呂合せ。


一つの寝台でぴったりと寄り添いあって眠る。悪夢の入り込む隙間などないように身を寄せ合って、抱き合って。

暑いから離れて、ともごもご言うのは照れ隠しだと知っている。本当に離れてしまったら寂しがることとも。だから離してなどやるものか、朝まで抱きしめているのだ。笑って唇を寄せた。

「良い夢を」

And the Day of……ホームラン記念日、クエン酸の日、グミの日、クチコミの日、しんくみの日、迢空忌［国文学者・歌人の折口信夫（釈迢空）の1953（昭和28）年の忌日］

【9月4日はくしの日】

美容関係者らが1978（昭和53）年に制定。美容週間実行委員会が実施。「く（9）し（4）」の語呂合せ。

美容関係者がくしを大切に扱い、また、美容に対する人々の認識を高めてもらう為に制定された。


彼女が鏡の前で櫛を使っている。何の気なしにそれを眺めていた。

美しい絹の髪を丁寧に梳る。光を跳ね返して煌めく髪。その美しさに見惚れていると、ふと彼女がこちらを見た。

「どうしたの」

「いや、君は綺麗だと思って」

思ったままに告げただけ。なのになぜか彼女は真っ赤になって、櫛を取り落とした。

And the Day of……串の日、クラシック音楽の日、関西国際空港開港記念日、オークションの日

【9月5日は国民栄誉賞の日】

1977（昭和52）年のこの日、2日前の9月3日に通算ホームラン数の世界最高記録を作った王貞治が、日本初の国民栄誉賞を受賞した。

国民栄誉賞とは、前人未到の偉業を成し遂げ、多くの国民から敬愛され、夢と希望を与えた人に贈られる賞である。


大きな仕事が一つ片付いたと漏らしたからか、彼女がささやかに祝ってくれた。とても嬉しいがつい欲張りたくなってしまう。

「君からご褒美はないのかい？」

頬に手を滑らせて甘く囁く。一拍遅れて理解が追いついたのか頬を染めるが、引いてやらない。国民栄誉賞より何より価値ある、その口付けをもらうまで。

And the Day of……クリーンコールデー（石炭の日）

【9月6日はクロスワードの日】

クロスワード作家・滝沢てるお氏の提案により、『月刊クロスワードハウス』等を発行していた廣済堂出版が1992（平成4）年に制定。

「ク（9）ロ（6）スワード」の語呂合せ。

新聞に載っていたクロスワードパズルを何の気なしに解き始めた。やってみると意外に難しい。

「ちょっといいかい？」

声をかけると直ぐに近寄って来てくれる。嬉しく思いながらヒントを指し示した。

「ここ、わかるかい」

「コクトーじゃないかしら」

即答されて確認する。合っているようだった。

And the Day of……妹の日、黒の日、鹿児島黒牛・黒豚の日、黒豆の日、黒酢の日、生クリームの日、クレームの日

【9月7日はCMソングの日】

1951(昭和26)年のこの日、初めてCMソングを使ったラジオCMがオンエアされた。

小西六(現在のコニカ)の「さくらフイルム」のCMだったが、歌の中に社名・商品名は入っていなかった。

頭の中をぐるぐると回っているメロディがある。なんの歌か分からない、短いフレーズ。甘くて爽やかな恋の歌。気になって彼女に尋ねてみた。

「この曲、なんの歌か分かるかい?」

頭の中を回るメロディをなぞって歌ってみせる。少し考えた彼女が、ああと呟いた。

「ジュースのコマーシャル曲でしょう」

And the Day of……クリーナーの日、泉鏡花忌［小説家・泉鏡花の１９３９（昭和14）年の忌日］、
吉川英治忌［小説家・吉川英治の１９６２（昭和37）年の忌日］

【９月８日は国際識字デー（International Literacy Day）】

１９６５年のこの日、イランのテヘランで開かれた世界文相会議でイランのパーレビ国王が軍事費の一部を識字教育に回すことを提案したことを記念して、ユネスコが制定。国際デーの一つ。

「識字」とは、「文字の読み書きができる」という意味で、現在世界には戦争や貧困等によって読み書きのできない人が10億人以上いると言われている。

彼女の字はとても端正だ。実直で清廉なその魂が滲み出ているような、美しい流れるような筆跡。

「君の字は好きだよ。君にそっくりの綺麗な字だ」

思ったまま言うと、彼女は顔を赤くして俯いてしまった。笑って抱き寄せる。

「また、手紙をくれるかい？」

気が向いたら、と消え入りそうな声が答えた。

And the Day of……サンフランシスコ平和条約調印記念日、聖母マリア誕生の祝日、千代尼忌、素園忌［加賀の俳人・千代（千代尼、素園）の1775（安永4）年の忌日］

【9月9日は菊の節句、重陽の節句】

奇数は陽の数であり、陽数の極である9が重なることから「重陽」と呼ばれる。

陽の極が2つ重なることからたいへんめでたい日とされ、邪気を払い長寿を願って、菊の花をかざったり酒を酌み交わして祝ったりしていた。

今日は重陽の節句。菊を飾って、酒を用意して。花瓶の菊を見て、彼女も目を細めた。

「綺麗な菊ね」

「そうだね」

とくとくと日本酒を注いで、グラスを触れ合わせて。穏やかな会話と楽しむ酒は美味い。

色とりどりの菊に捧げる願いは一つ。末長く、君と共にあれることを。

And the Day of……救急の日、世界占いの日、チョロQの日、吹き戻しの日、カーネルズデー、手巻寿司の日、ロールケーキの日、栗きんとんの日、食べものを大切にする日、温泉の日、男色の日

【9月10日は屋外広告の日】

全日本屋外広告業団体連合会が１９７４（昭和49）年に制定。

１９７３（昭和48）年のこの日、「屋外広告物法」改正法案が可決成立し、屋外広告業が明確に定義づけられ、屋外広告業者の届出制度が創立された。

１９８２（昭和57）年からは９月１日から10日までを「屋外広告美化旬間」とした。

屋外広告物とは、屋外に出してある広告物のことで、広告看板や電柱広告・ポスターのほか、アドバルーンやチンドン屋さんも含む。

ポスターに映る女優が彼女に似ていた。それだけの理由で興味を持った映画だった。

一緒に観ようと誘うと、彼女は怪訝そうにしながらも頷いてくれた。喜び勇んで映画館に行って、やがて始まる本編。

けれど中盤になって後悔した。キスシーンから目を背けたくなる。彼女ではないと知っていても、見たくない。

And the Day of……世界自殺予防デー、下水道の日、知的障害者愛護デー、カラーテレビ放送記念日、牛タンの日、Ｑ１０の日、去来忌［俳人・向井去来の１７０４（宝永元）年の忌日］

【9月11日は公衆電話の日】

１９００（明治33）年のこの日、日本初の自動公衆電話が、東京の新橋と上野駅前に設置された。

当時は「自動電話」と呼ばれていて、交換手を呼びだしてからお金を入れて相手に繋いでもらうものだった。１９２５（大正14）年、ダイヤル式で交換手を必要としない電話が登場してから「公衆電話」と呼ばれるようになった。

街角で見かけた公衆電話に、ふと思いついて歩み寄った。小銭を取り出し投入する。

小さな賭けだった。彼女は在宅でないかもしれない。公衆電話からの電話など、警戒して出てくれないかもしれない。それでも。

呼び出し音が切れた。応えた彼女の声に嬉しくなる。そう、その声なのだ、聞きたかったのは。

And the Day of……警察相談の日

【9月12日は宇宙の日】

科学技術庁（現在の文部科学省）と文部省宇宙科学研究所が1992（平成4）年に制定。日付は一般公募で決められた。

1992年のこの日、毛利衛さんがアメリカのスペースシャトル・エンデバーで宇宙へ飛び立った。


宇宙から見た地球の写真がテレビに映し出された。瑠璃色の地球、青い美しい惑星。

「綺麗だね」

「そうね」

でも君の瞳の方が綺麗だ。さらりと言うと彼女の頬が赤く染まる。

「恥ずかしい人ね」

「事実だよ」

手を伸ばして彼女の頬に触れ、こちらに向き直らせる。ああ、やっぱり綺麗だ。

And the Day of……水路記念日、県民の日［鳥取県］、マラソンの日、保己一忌［国文学者・塙保己一の１８２１（文政４）年の忌日］

【9月13日は世界の法の日】

１９６５年の９月13日から20日までワシントンで開催された「法による世界平和第２回世界会議」で、９月13日を「世界法の日」とすることが宣言された。

１９６１（昭和36）年、東京で開催された「法による世界平和に関するアジア会議」で「世界法の日」の制定が提唱され、２年後の１９６３年アテネで開かれた「法による世界平和第１回世界会議」で可決され、第２回世界会議で宣言されたものである。

この日とは別に、日本では１９６０（昭和35）年から10月１日を「法の日」としている。

「僕が法を犯したら、君はどうする？」

微笑みながら彼が尋ねてきた。

「なぜそんな事を聞くの」

「知りたいんだよ。僕が罪を犯したら、石持て追われる身になったら。それでも君は、僕を愛してくれる?」

「……罪は、償われるべき」

自分にはそれしか言えない。けれど、考える前に重ねた言葉があった。

「……私は、いつまでも貴方を待ってる」

And the Day of……白雄忌［俳諧師・加舎白雄の1791（寛政3）年の忌日］

【9月14日はメンズバレンタインデー】

日本ボディファッション協会が１９９１（平成３）年に制定。

男性から女性に下着を贈って愛を告白する日。

同協会では現在は特に行事などを実施していない。


「今日はメンズバレンタインデーと言うらしいよ」

言い出した彼に有無を言わさず箱を押し付けられた。店名を見てぎょっとする。

「下着メーカーじゃない！」

「そうだよ。男性から下着を贈って愛の告白をする日らしい」

彼はけろりとしたものだ。

今度つけてくれると嬉しいな。笑って囁かれた。

And the Day of……セプテンバーバレンタイン、十字架称賛の日

【9月15日は老人の日】

２００２（平成14）年1月1日改正の「老人福祉法」によって制定。２００３（平成15）年から「祝日法」の改正によって「敬老の日」が9月第3月曜日となるのに伴い、従前の敬老の日を記念日として残す為に制定された。

国民の間に広く老人の福祉についての関心と理解を深めるとともに、老人に対し自らの生活の向上に努める意欲を促す日。

重そうな荷物を持った老婆が階段を登っていく。手伝うと申し出ようとした時、すいと老婆に近づく人影があった。彼女だ。

偶然に驚いて一瞬動きが止まる。その間に彼女は老婆と言葉を交わし、荷物を預かって先に立って登り始めた。思わず笑みを漏らして、今度こそ手伝おうと二人の後を追いかけた。

And the Day of……ひじきの日、大阪寿司の日、スカウトの日、シルバーシート記念日、シャウプ勧告の日、国際民主主義デー（International Day of Democracy）

【9月16日はマッチの日】

1948（昭和23）年のこの日、配給制だったマッチの自由販売が認められた。

防災用品の整理をしていると、ころんとマッチ箱が転がった。何気なく手に取って掌の上で転がす。

頭をよぎるのは童話『マッチ売りの少女』。凍える貧しい少女はマッチの儚い灯りに、懐かしい祖母の面影を見た。

自分がマッチを擦ったなら、あの人の面影が見えたらいいのに。思いながら、マッチを擦った。

And the Day of……オゾン層保護のための国際デー（International Day for the Preservation of the Ozone Layer）、競馬の日、日本中央競馬会発足記念日、ハイビジョンの日

【9月17日はキュートな日、キュートナーの日】

いつまでも若々しい「キュートな」大人を「キュートナー」と呼ぶことを提唱している作曲家・中村泰士が制定。「キュー（9）ト（十）な（7）」の語呂合せ。

彼は時々子どものようだ。溌剌として、思いもかけない事で拗ねてみせて、くるくると表情を変えて。

振り回されることさえ幸せに感じる自分は、相当彼に参っていると苦笑する。

それでも、嫌だとか迷惑だとか、そんな感情は胸のどこを探しても見当たらない。ただ彼に夢中になる事しかできなかった。

And the Day of……モノレール開業記念日、牧水忌［歌人・若山牧水の1928（昭和3）年の忌日］、鬼城忌［俳人・村上鬼城の1938（昭和13）年の忌日］

【9月18日はかいわれ大根の日】

日本かいわれ協会（現 日本スプラウト協会）が1986（昭和61）年9月の会合で、無農薬の健康野菜であるかいわれ大根にもっと親しんでもらおうと制定。

9月はこの日を制定した会合が行われた月で、18は8の下に1でかいわれ大根の形になることから。

台所で育てているかいわれ大根を切り取って味噌汁に入れた。味噌汁の具は他に、わかめに油揚げに豆腐、大根、人参、玉ねぎ。少し欲張りすぎたかと苦笑しながら味見をする。濃さはちょうどいい。

「できたよ」

魚を焼いている彼女に声をかける、彼女は振り返って微笑んでくれた。

「こちらももうすぐ」

And the Day of……しまくとぅばの日［沖縄県］、蘆花忌［小説家・徳富蘆花の1927（昭和2）年の忌日］、露月忌［俳人・石井露月の1928（昭和3）年の忌日］

【9月19日は子規忌、糸瓜忌、獺祭忌「いくたびも雪の深さを尋ねけり」】

俳人・歌人の正岡子規の１９０２（明治35）年の忌日。

辞世の句に糸瓜を詠んだことから糸瓜忌、獺祭書屋主人という別号を使っていたので獺祭忌とも呼ばれる。

雪が降っているらしいが、風邪を長引かせて起き上がれない自分は見る事ができない。

「どのくらい積もった？」

「足跡がつくくらい」

静かな声で答えた彼女が、氷枕を代えてくれた。

「どのくらい積もった？」

暫くして、またつい尋ねた。額の熱を測ってくれながら、彼女はまた答えた。

「靴が埋まるくらい」

And the Day of……苗字の日

【9月20日は空の日】

1940（昭和15）年に「航空の日」として制定。戦争中中断されていたが、1953（昭和28）年に復活。運輸省（現在の国土交通省）航空局が1992（平成4）年に「空の日」と改称した。

1911（明治44）年のこの日、山田猪三郎が開発した山田式飛行船が、滞空時間1時間の東京上空一周飛行に成功した。

日本で最初の飛行に成功したのは、1910（明治43）年12月19日に東京・代々木錬兵場で徳川大尉が行った飛行実験だった。しかし12月では気候的に「航空日」の行事に適さないため、帝都上空一周飛行が行われた9月20日を「航空日」とした。

見上げた夕焼け空があまりにも美しかった。彼女に電話をかけたくなった理由はそれだけ。

「今、話せるかい？」

『大丈夫よ』

返答に嬉しくなる。今、声が聞きたかった。今、君と話したかった。

「窓の外を見てご覧よ。空がとても綺麗なんだ」

窓を開ける音。彼女が息を吐いた。

『ええ。綺麗ね』

And the Day of……バスの日、お手玉の日

【9月21日は国際平和デー、世界の停戦と非暴力の日（International Day of Peace)】

コスタリカの発案により１９８１年の国連総会によって制定。

当初は国連総会の通常会期の開催日である９月第３火曜日だったが、２００２年からは９月21日に固定された。

２００２年から、この日は「世界の停戦と非暴力の日」として実施され、この日一日は敵対行為を停止するよう全ての国、全ての人々に呼び掛けている。

彼女を怒らせてしまってから3時間。彼女はまだよそよそしい。

「そろそろ機嫌を直してくれないか」

不機嫌に見やられるだけかと思ったが、予想に反して彼女は素直に近寄ってきてくれた。

「まだ、許したわけじゃない」

ぽつんと呟く彼女が堪らなく愛しくなって、抱きしめた。今からご機嫌を取り結ぼう。

And the Day of……世界アルツハイマーデー、ファッションショーの日、宮澤賢治忌［童話作家・詩人の宮澤賢治の1933（昭和8）年の忌日］、宇野浩二忌［小説家・宇野浩二の1961年の忌日］、廣津和郎忌［小説家・社会評論家の廣津和郎の1968（昭和43）年の忌日］

【9月22日は国際ビーチクリーンアップデー】

アメリカ・サンフランシスコに本部のある海洋自然保護センターが1985年から実施。

この日に近い週末に、世界各地で一斉に海岸のごみを拾い集め、その数量・種類等を調べることによって、海洋のゴミの発生元や、地球環境への影響を調査している。


海辺を歩きながらビーチグラスを拾い集める。波に洗われ角の取れたガラスの欠片。綺麗だが、海にはあるべきでないもの。

日に透かして眺めていると、砂を踏む音を立てて彼女が近寄ってきた。

「それは?」

「綺麗だろう?」

持って帰って、接着剤で貼って、ランプシェードにしよう。

And the Day of……カーフリーデー、OneWebDay

【9月23日は万年筆の日】

１８０９年のこの日、イギリスのフレデリック・バーソロミュー・フォルシュが金属製の軸内にインクを貯蔵できる筆記具を考案し、特許をとった。


彼女が愛用している万年筆がある。長年使い込まれた、少し傷ついた、けれどあと何十年でも使えそうなペン。

「見せてもらっても良いかい？」

大切に受け取ってとっくりと眺めた。程よい重み。彫り込まれた銘をなぞる。

彼女の人生に寄り添ってきたペン。礼を言って返しながら、小さな嫉妬を覚えた。

And the Day of……不動産の日、海王星の日

【9月24日は清掃の日】

環境省が実施（２０００年までは厚生省）。
１９７１（昭和46）年のこの日、「廃棄物の処理及び清掃に関する法律」（廃棄物処理法、廃掃法）が施行された。

彼女に手伝ってもらいながら家の掃除をする。二人掛かりで家具を動かしてみると、裏側にいくつかのものが落ちていた。落としたまま忘れていたペンもある。思わずそう言うと、不機嫌に睨まれた。
「その都度拾えば良いでしょう、だらしのない」
だって重たいじゃないか。心の中で言い訳しながら拾い上げた。

And the Day of……畳の日、歯科技工士記念日、みどりの窓口記念日、南洲忌［西郷隆盛の１８７７（明治10）年の忌日］、言水忌［俳人・池西言水の１７２２（享保7）年の忌日」

【9月25日は藤ノ木古墳記念日】

１９８５（昭和60）年のこの日、奈良県斑鳩町の藤ノ木古墳の石室等が発掘された。藤ノ木古墳は直径約48ｍ、高さ約９ｍの円墳で、古墳時代後期の６世紀後半に作られたものと考えられている。

１９８５（昭和60）年に第１次調査、１９８８（昭和63）年６月に国内の発掘調査史上初めてファイバースコープを使った石棺の内部調査が行われ、その年の10月８日に１４００年ぶりに石棺の蓋が開かれた。

未盗掘で埋葬当時の姿がほぼそのまま残っており、当時の埋葬儀礼を解明する上で貴重な資料を提供した。

法隆寺に参拝したついでに、藤ノ木古墳を二人で訪れた。周辺も公園として整備された円墳。近くにある斑鳩文化財センターにもあとで寄って、見学しようと決めている。

石室から出てくると、初秋の穏やかな日差しが降り注ぐ。暗がりに慣れていた目には眩しいほど。案内板を見つけて、彼女の手を引いた。

【9月26日は台風襲来の日】

統計上、台風襲来の回数が多い日。

１９５４（昭和29）年に「洞爺丸台風」で青函連絡船・洞爺丸が転覆、１９５８（昭和33）年に「狩野川台風」が伊豆・関東地方に来襲、１９５９（昭和34）年に「伊勢湾台風」が東海地方に上陸したのは全てこの日だった。


台風が来ている。がたがたと窓が鳴っている。

強風の中やって来てくれた彼女の顔が少し青かった。思わず腕を掴む。

「どうしたんだ、顔色が悪い」

「……少し、頭痛が」

大したことはないと言い張る彼女をベッドに押し込む。頭痛薬を取りに行こうとした時、服の裾を掴まれた。

「ここに、いてほしいの」

And the Day of……ワープロ記念日、八雲忌［小泉八雲（ラフカディオ・ハーン）の１９０４（明治37）年の忌日］、秀野忌［俳人・石橋秀野の１９４７（昭和22）年の忌日］

【9月27日は世界観光の日】

世界観光機関（WTO）が制定。
WTO加盟各国で、観光推進のための活動が行われる。

今度の連休にはどこへ行こうか、駅でパンフレットを貰ってきたよ。弾んだ声で言った彼が楽しげにテーブルに冊子を並べていく。
京都もいいが金沢もいいね、紅葉は少し時期がずれるかな、ああ北海道も良さそうだ。彼の楽しげな声に、自分まで心が浮き立つ。手を伸ばして一冊のパンフレットをとった。

And the Day of……女性ドライバーの日

【9月28日はパソコン記念日】

1979（昭和54）年のこの日、日本電気（NEC）がパーソナルコンピュータPC－8000シリーズを発売し、パソコンブームの火付け役となった。


ちょっと見てくれないか。彼に言われてパソコンの画面を覗き込んだ。

「今度の連休で泊まる旅館だけど、ここところ、どちらがいいと思う？」

言われて見比べる。どちらも良さそうだ。駅からのアクセス、設備、料理。悩ましい。

そんなに悩まなくても、直感でいいんだよ。彼に笑われた。

【9月29日はクリーニングの日】

全国クリーニング環境衛生同業組合連合会が１９８２（昭和57）年に制定。

「ク（９）リーニ（２）ング（９）」の語呂合せ。

消費者にもっとクリーニングを利用してもらい、自らもクリーニング技術の向上を目指す為に設けられた。


クリーニングに出していたジャケットが戻ってきた。ビニールを取り払ってクローゼットに吊す。

『よく似合ってる』

それを着てみせた時の彼女の声を嬉しい気分で思い出す。つい顔がにやけるのが分かった。どうせ一人だ。

また彼女と出かける時にも着よう。またコンサートにでも誘ってみようか。

And the Day of……日中国交正常化の日、招き猫の日、洋菓子の日、宣長忌、鈴の屋忌［国学者・本居宣長の１８０１（享和元）年の忌日］、ミカエルマス（Michaelmas）

【9月30日は世界翻訳の日（International Translation Day）】

国際翻訳家連盟が制定。キリスト教の聖職者で、聖書をラテン語訳したことで知られるヒエロニムスが亡くなった日。

翻訳物の小説を読みおえた。色々な訳者が訳しているというから、いつか読み比べもしてみたい。

「この本、君も読んだことあるんだっけ」
「違う訳者でなら」
「筋は一緒だろう。どの場面が好きだった？」

尋ねると彼女が考え込む。ややしてぽつんと言った。

「敵役が自殺する場面の、葛藤が好き」

And the Day of……交通事故死ゼロを目指す日、クレーンの日、くるみの日

10月（神無月）

【10月1日はコーヒーの日】

全日本コーヒー協会が１９８３（昭和58）年に制定。

国際コーヒー協会が定めた「コーヒー年度」の始まりの日。

コーヒー豆の収穫が終わり、新たにコーヒー作りが始まる時期である。


居間に戻ると、彼女は珈琲を飲んでいた。

「一口もらえない？」

「……駄目」

何の気なしにねだると、なぜか断られた。

「飲むなら淹れる」

「一口でいいよ」

ひょいとカップを取って口をつけた。彼女の慌てた声を尻目に一口飲む。

塩っぱい。思わず彼女の顔を見ると、白い頬が真っ赤になっていた。

And the Day of……法の日、土地の日、コーヒーの日、日本茶の日、日本酒の日、醤油の日、ネクタイの日、メガネの日、デザインの日、展望の日、国際音楽の日、国際高齢者の日（International Day of Older Persons）、福祉用具の日、補助犬の日、浄化槽の日、都民の日［東京都］、香水の日、食物せんいの日、乳がん健診の日、食文化の日、磁石の日、確定拠出年金（ＤＣ）の日、リタイアメントを考える日、荒川線の日、衣替え、衣更え、更衣、新コーヒー年度、新冷凍年度、北海道一般鳥獣狩猟解禁日

【10月2日は望遠鏡の日】

１６０８年のこの日、オランダの眼鏡技師リッペルハイが遠くの物が近くに見えるという望遠鏡を発明し、特許を申請する為にオランダの国会に書類を提示した。

しかし、原理があまりにも単純で誰にでも作れそうだという理由で、特許は受理されなかった。

今日は科学館のイベントの日。天体望遠鏡で月や星を眺める観測会。二人で出かけた。星の好きな彼女は、きっと喜んでくれる。

目論見は当たって、彼女はあまり表情には出さないものの嬉しそうだ。自分も望遠鏡を覗き込んでみると、確かに美しい夜空。

けれど彼女の瞳の方が綺麗だ。思いながら顔を離した。

And the Day of……国際非暴力デー（International Day of Non-Violence）、豆腐の日、関越自動車道全通記念日、杜仲の日、東武の日、守護天使の日、宗鑑忌［俳諧の祖とされる山崎宗鑑の１５５３（天文22）年の忌日］

【10月3日は交通戦争一日休戦の日】

１９７１（昭和46）年、東京都八王子市で毎月水曜日に自家用車の利用自粛・公共交通機関の利用を呼びかける「ノーカー運動」が実施された。日本初の「ノーカーデー」であった。

その時のスローガンが「交通戦争一日休戦の日」だった。

今日の移動は自動車ではなく電車で。途中駅で待ち合わせをして、間に合うように家を出る。

少し早く着いたので、化粧室で身嗜みを確かめる。シャツの襟を直して、髪を撫で付けて。

待ち合わせ場所に向かうと、彼女は既に待ってくれていた。すっと背筋の伸びたその立ち姿に見惚れながら、足を早めた。

And the Day of……ドイツ統一の日、登山の日、山の日、蛇笏忌、山廬忌〔俳人・飯田蛇笏の1962（昭和37）年の忌日〕

【10月4日は探し物の日】

ＮＴＴの電話番号案内が１０４番であることから。

失くした物をもう一度本気で探してみる日。


「何をしているの」

彼がうろうろしているので、気になって声をかけた。はっと振り向いた彼が、ばつが悪そうに笑う。

「ちょっと探し物をね」

「何を」

「……」

言いたくなさげに口籠るので、思わず眉が寄る。彼は漸く白状した。

「……君にあげたいものを、どこに隠したか解らなくなったんだ」

And the Day of……世界動物の日、都市景観の日、古書の日、イワシの日、証券投資の日、陶器の日、里親デー、天使の日、１０４の日、徒歩の日、素十忌［俳人・高野素十の1976（昭和51）年の忌日］

【10月5日はレジ袋ゼロデー】

スーパーマーケットの業界団体である日本チェーンストア協会が２００２（平成14）年に、ゴミ減量のために買物袋（マイバッグ）の持参を呼びかけるために制定。


マイバッグを持って二人で買い物に行った。レジ袋を断ると、エコポイントを加算してくれる。

買ったものをバッグに詰めて、外に出る。秋の明るい日差しが降り注ぐ。涼しい風が吹き抜けた。

「私が持つ」

「いいよ」

断ると不満そうな顔をされる。苦笑して提案した。

「じゃあ、交代で持とう」

And the Day of ……世界教師デー（World Teachers' Day）、時刻表記念日、折り紙供養の日、社内報の日、達磨忌［禅宗の祖・達磨大師が528年ごろに入寂した日。南インド香至国の王子として生まれ、中国に渡って禅宗を始めた。達磨の置物は、緋色の衣を着て座禅した達磨大師の姿を模して作られたものである］

【10月6日は国際協力の日】

外務省と国際協力事業団（ＪＩＣＡ）が１９８７（昭和62）年に制定。１９５４（昭和29）年のこの日、日本が、初めて援助国としての国際協力として、途上国への技術協力のための国際組織「コロンボ・プラン」に加盟した。

テーブル・フォー・トゥーの対象となっているコーヒー豆を買った。価格に上乗せされた20円が、アフリカの子ども達の給食費として寄付されるという取り組み。

持ち帰って家で淹れてみた。味も悪くない。彼女と飲もうと棚にしまった。飲食店でも実施しているというから、二人で行ってもいいかもしれない。

【10月7日はミステリー記念日】

１８４９年のこの日、ミステリー小説（推理小説）の先駆者・エドガー・アラン・ポーが亡くなった。

１８４５年に発表された『モルグ街の殺人』が、世界初の推理小説と言われている。

彼女が本を読んでいる。自分も以前読んだ推理小説。どうにもつまらなくて、耐えかねて、顎をとってこちらに顔を向けさせた。

「構ってくれないと、その小説の犯人を言うよ」

脅してみても彼女は平然としていた。

「どうぞ。読むのは三度目だもの」

悔しい。なので憎たらしい唇を齧ることにした。

And the Day of……盗難防止の日、バーコードの日

【10月8日はプリザーブドフラワーの日】

日本プリザーブドアロマフラワー協会が制定。

プリザーブドフラワとは、花をそのままの姿で長時間保存できるようにしたもののこと。「永久の花」ということで「と（10）わ（8）」の語呂合せ。

店で見かけて綺麗だったから。そう言って彼が差し出したのは、色とりどりのプリザーブドフラワー。青系の淡い色合いで統一された花束になっている。

自分には似合わないのにと思いながら受け取る。香りのない、散ることのない、永久に咲く花。

やっぱり似合うね、君には青がよく似合う。彼が笑った。

And the Day of……足袋の日、木の日、骨と関節の日、イレバデー、入れ歯感謝デー、歯科技工の日、ＦＸの日、国立公園制定記念日、コンビニＡＴＭの日

【10月9日は世界郵便デー、万国郵便連合記念日（World Post Day）】

万国郵便連合（ＵＰＵ）が１９６９（昭和44）年に「ＵＰＵの日」として制定。１９８４（昭和59）年に「世界郵便デー」と名称を変更した。

１８７４（明治7）年のこの日、全世界を一つの郵便地域にすることを目的に、万国郵便連合が発足した。

日本は１８７７（明治10）年2月19日に加盟した。

君からの手紙が欲しいなとねだったのを覚えていてくれたのか、彼女から手紙が届いた。紅葉の柄の便箋に並ぶ、端正な文字。

真剣に、一言ずつ選んで書いてくれたのだろう。所々に書き悩んだような僅かな空隙。

直接的な愛の言葉はないけれど、間違いなくこれは恋文。堪らなく愛しくて、署名に口付けた。

And the Day of……道具の日、トラックの日、塾の日、東急の日

【10月10日は空を見る日】

長野県の社会文化グループ「信濃にやか」が制定。

「天（ten）」の語呂合せ。


二人でベランダに出て星を眺める。秋の冷たい夜気の中で、星々は美しく輝いていた。

「君の星座は見えるかい？」

「この季節は見えないの」

そうなのかと少し残念だった。代わりに彼女が教えてくれたのは、秋の四辺形、ペガスス座の見分け方。今夜は二人で天馬に乗って空を翔る夢を見ようか。

And the Day of……目の愛護デー、缶詰の日、まぐろの日、釣りの日、冷凍めんの日、銭湯の日、トレーナーの日、totoの日、トートバッグの日、転倒防止の日、おもちの日、トマトの日、お好み焼の日、おでんの日、肉だんごの日、貯金箱の日、島の日、萌えの日、素逝忌［俳人・長谷川素逝の１９４６（昭和21）年の忌日］

【10月11日はウィンクの日（オクトーバーウィンク）】

10と11を倒して見ると、ウィンクをしているように見えることから。

女子中学生の間ではやったおまじないで、この日、朝起きた時に相手の名前の文字数だけウィンクをすると、片思いの人に気持ちが伝わる……のだそうだ。


オクトーバーウインク、というおまじないがあるらしい。今日この日、朝起きた時に恋う相手の名前の文字数だけウインクすると、気持ちが伝わると。

折角なので、やってみた。片思いではないけれど、彼女にはいまいちこの想いの深さが伝わっていないようだから。伝えたいから。

この想いよ、君に届け。

And the Day of……安全・安心なまちづくりの日、「リンゴの唄」の日

【10月12日は豆乳の日】

日本豆乳協会が制定。

10月は「体育の日」がある月であることから。12日は「とう（10）にゅう（2）」の語呂合せ。


床につく前に豆乳を温めて、蜂蜜を入れて飲むのが習慣になっている。少し寝付きの悪い彼女のための、安眠のおまじない。

温かい、仄かに甘い液体を飲みながらとりとめのない話をする。今日あったこと、気づいたこと、伝えたかったこと。

ふわふわとした湯気の向こうで、彼女は淡く笑ってくれた。

And the Day of……芭蕉忌：時雨忌、桃青忌、翁忌［俳諧師・松尾芭蕉の1694（元禄7）年の忌日。時雨の句をよく詠み、10月の別称が「時雨月」であることから「時雨忌」と呼ばれる」

【10月13日はサツマイモの日】

埼玉県川越市の市民グループ・川越いも友の会が制定。

10月はさつまいもの旬であり、江戸から川越までの距離が約13里なので、さつまいもが「栗（九里）より（四里）うまい十三里」と言われていたことから。


スーパーマーケットで買ってきた石焼き芋を温めて、二人で食べる。ほっくりとして甘い、黄金色。

「バターも付けるかい？」

「私はいい」

そうかと頷いて、また食べ始めた。さっさと食べ終えて、ちまちまと食べる彼女を眺める。視線に気付いた彼女が首を傾げ、残りの芋を二つに割った。

「半分いる？」

And the Day of……引っ越しの日、麻酔の日、嵐雪忌［俳人・服部嵐雪の1707（宝永4）年の忌日］

【10月14日は世界標準の日（World Standards Day）】

国際標準化機構（ＩＳＯ）と国際電気標準会議（ＩＥＣ）が制定。世界標準を策定した人たちに感謝し、労をねぎらう日。

二人で長椅子に腰掛けて、色々な話をする。ゆったりとした時間を二人で味わう。

ふと手が触れ合った。ぱっと顔を赤くした彼女が手を引っ込めようとするので少し悪戯心が湧く。

その手を取って抱き寄せる。顔を赤くして振り払おうとする彼女を構わず抱き締めた。恋人達が寄り添いあうのは世界の定理だ。

And the Day of……鉄道の日、ＰＴＡ結成の日

【10月15日はたすけあいの日】

全国社会福祉協議会が１９６５（昭和40）年に制定。

日常生活での助け合いや、地域社会でのボランティア活動への積極的な参加を呼びかける日。


大荷物を持って階段を登っていく老婆がいた。手伝いを申し出ようと近づこうとした時、彼女に控えめに制される。驚いて振り返った。

「どうして？」

「見て」

言われ今一度見ると、老婆に近寄って声をかける、少し緊張した様子の高校生。心が温かくなった。彼女には見えていたのだろう。

And the Day of……世界手洗いの日（Global Handwashing Day）、農山漁村女性のための国際デー

(International Day of Rural Women)、きのこの日、人形の日、グレゴリオ暦制定記念日、ぞうりの日

【10月16日は辞書の日（Dictionary Day）】

アメリカの辞書製作者ノア・ウェブスターの1758年の誕生日。


読書家の彼女は物知りだ。何を聞いても答えが返ってくる。

「凄いね、生き字引だね」

「……大したことでは」

褒めると、少し顔を赤らめてぼそぼそ呟く。褒められ慣れない姿が可愛くて、抱き寄せてキスを落とす。ますます赤くなって固まる彼女は本当に可愛い。こういう場合のマニュアルはないいんだね。

And the Day of……世界食糧デー（World Food Day）、世界脊椎デー（World Spine Day）、ボスの日

【10月17日は神嘗祭】

天皇がその年の新穀を天照大神に奉納する祭。また、伊勢神宮でも行われ、皇室から勅使が遣わされる。

元は旧暦9月17日であったが、1872（明治5）年の太陽暦導入の際に新暦9月17日に改めた。しかし、これでは新穀の収穫が間に合わないことから1879年（明治12）年より月遅れの10月17日に行われている。1871（明治4）年から1947（昭和22）年までは大祭日として休日になっていた。

今日からご飯は新米だ。炊き上がった米を嬉しい気持ちで眺める。ふっくらと艶やかに炊けた、美味しそうな白ご飯。

「どのくらい食べる?」

「自分でよそうからいい」

そうかとしゃもじを渡す。だが、遠慮がちな盛り方をするので我慢できなくなった。

「もっと食べなよ、せっかくの新米だ」

And the Day of……貯蓄の日、貧困撲滅のための国際デー（International Day for the Eradication of Poverty）、上水道の日、沖縄そばの日、カラオケ文化の日、オンラインゲームの日

【10月18日は冷凍食品の日】

日本冷凍食品協会が１９８６（昭和61）年に制定。

10月は冷凍の「とう（10）」から。18日は、国際的に、マイナス18度以下に保てば冷凍食品の品質を1年間維持できるとされていることから。

「食欲の秋」でもあることから、冷凍食品の販売促進のためのＰＲが行われる。


冷凍の肉まんとあんまんを買ってきた。どちらも一つずつふかす。

「両方半分ずつにしようか」

あんまんを彼女に押し付けて、肉まんは自分で割る。ちょうど良い大きさに割れた。

彼女もぎこちなくあんまんを二つに割ったが、明らかに大きさが違う。困った顔の彼女の手から、さっさと小さい方を奪い取った。

And the Day of……統計の日、世界メノポーズデー、ドライバーの日、木造住宅の日、フラフープ記念日、ミニスカートの日

【10月19日はTOEICの日】

世界共通の英語コミュニケーション能力検定「TOEIC」を日本で実施する国際ビジネスコミュニケーション協会が制定。

「トー（10）イッ（1）ク（9）」の語呂合せ。

TOEICの試験を受けてみたんだけど時間が足りなかった、終わらなかったよ。苦笑すると、彼女が瞬きをした。

「そういう試験でしょう。気にする事ないわ」

「でもやっぱり悔しいね。全部の問題を見たかった。君は受けたことあるかい？」

まあ、と彼女が頷く。今度一緒に受けてみようか。

And the Day of

……日ソ国交回復の日、住育の日、晩翠忌［詩人・英文学者の土井晩翠の

1952（昭和27）年の忌日」

【10月20日は新聞広告の日】

日本新聞協会が1974（昭和49）年に制定。

「新聞週間」の中で覚えやすい20日を記念日とした。


新聞広告に載っていた本が書店にあったので、手にとってみた。ジャンルとしては恋愛指南だろうか。

『愛は生き物。栄養を与えて大事に育てないと死んでしまう』

そんな一節に怖くなる。自分の彼女への愛情表現は足りているか。

会ったら一番に愛してると言おう。綺麗だよと抱きしめよう。心に決めた。

And the Day of……世界骨粗鬆症デー（World Osteoporosis Day）、新聞広告の日、リサイクルの日、頭髪の日、ヘアブラシの日、ソフト化の日、疼痛ゼロの日、えびす講

【10月21日はあかりの日】

日本電気協会・日本電球工業会等が１９８１（昭和56）年に制定。１８７９年のこの日、エジソンが日本・京都産の竹を使って白熱電球を完成させた。

あかりのありがたみを認識する日。

暗くなってきたので明かりを灯した。暗かった部屋が急に明るくなり、彼女の顔もよく見えるようになる。静謐な眼差しに見惚れていると、その瞳がふとこちらを見た。不思議そうな顔になった彼女が小首を傾げる。

「どうしたの」

君があまりに綺麗だから。そう囁くことさえ憚られて、ただ口付けをした。

And the Day of……国際反戦デー、直哉忌［小説家・志賀直哉の１９７１（昭和46）年の忌日］

【10月22日は中原中也忌「サーカス」】

詩人・中原中也の1937（昭和12）年の忌日。

祭りの熱気も冷めた夜更け、二人で散歩をする。街灯からは白いリボンのように光が流れ落ちる。

月のない夜道を二人で歩く。暗いからか、指を絡め取っても彼女は拒まなかった。きゅ、と握り返してくれる。嬉しい気持ちでしっかりと握り込んだ。

夜は劫々と更けていく。二人の夜は、深まっていく。

And the Day of……国際吃音啓発の日（International Stuttering Awareness Day）、平安遷都の日、時代祭、パラシュートの日

【10月23日は電信電話記念日】

電気通信省（後の電電公社、現在のＮＴＴ）が１９５０（昭和25）年に制定。１８６９（明治２）年９月19日（新暦10月23日）、東京～横浜で公衆電信線の建設工事が始まった。

突然、彼の声が聞きたくて堪らなくなった。
けれど、急に電話するなど迷惑だろう。理由もなく電話しては邪魔だろう。
指先は迷うばかり。
だが不意に電話が着信を知らせた。画面には彼の名前。慌てて通話ボタンを押す。
「も、もしもし」
『やあ』
ずっと耳が求めていた声は、朗らかに告げた。

『君の声が聞きたくなって』

And the Day of……津軽弁の日、モルの日（Mole Day）

【10月24日は文鳥の日】

10月が手乗り文鳥の雛が出廻る時期であることと、「て（10）に（2）し（4）あわせ」（手に幸せ）の語呂合せから。


彼女の家に行くと文鳥がいた。

「いつから飼ってるんだい?」

「うぅん。預かっているだけ」

「へえ。手に乗せたりできるのかい?」

「ええ、よく慣れてるの」

彼女が籠を開けてそっと手をさしれると、文鳥はちょこんとその手に乗った。可愛らしいが、少し悔しくなる。その優しい手は自分の物なのに。

And the Day of……

国連デー（United Nations Day）、世界開発情報の日（World Development

Information Day)、ツーバイフォー住宅の日

【10月25日は世界パスタデー】

１９９５年のこの日、イタリアで世界パスタ会議が開催された。

ＥＵやイタリアパスタ製造業者連合会などが合同でパスタの販売促進キャンペーンを行っている。


昼食用にパスタを茹でる。茹で時間を計りながら、フライパンで具材を炒めてソースを作る。

タイマーが鳴ったので火から下ろし水を切った。一本味見すると、良い茹で加減に仕上がっている。

「できたよ」

「こちらも」

サラダを作ってくれていた彼女に声をかけると、淡い笑みが返った。

And the Day of……民間航空記念日、産業観光の日、島原の乱の日

【10月26日は柿の日】

全国果樹研究連合会が２００５（平成17）年に制定。

１８９５（明治28）年のこの日、俳人・正岡子規が「柿食へば鐘が鳴るなり法隆寺」の句を詠んだ。

柿を買ってきて切った。橙色の果実を一切れ味見すると、歯ごたえがよく甘い。

彼女が来てくれたら一緒に食べよう。ラップをかけて冷蔵庫にしまう。彼女は果物が好きだから、きっと喜んでくれる。

干し柿も美味しいかもしれない。今度売っていたら買ってこよう。そう考えていた時、ドアベルが鳴った。

And the Day of……原子力の日、反原子力デー、青汁の日、きしめんの日

【10月27日は文字・活字文化の日】

２００５（平成17）年制定の「文字・活字文化振興法」により制定。

「読書週間」の１日目の日。


彼が本を読んでいる。ふと見たその横顔から、目を離せなくなった。

精悍な顔立ち。長い指。真剣に文字を追う思慮深い目。

その指で触れて欲しい。その目で見つめて欲しい。欲深い自分に呆れた時、
ふと彼がこちらを見た。にこりと微笑む。

「見てごらん、この登場人物は君に似てるよ」

And the Day of……テディベアズ・デー、読書の日、世界新記録の日、松陰忌［長州藩で松下村塾を開き藩士の子弟を教育した吉田松陰の１８５９（安政６）年の忌日。安政の大獄で捕えられ、この日に処刑された］

【10月28日は速記記念日】

日本速記協会が制定。

1882（明治15）年のこの日、田鎖綱紀が東京・日本橋で初の速記講習会を開催した。

その年の9月19日に、『時事新報』紙上で発表された自ら考案した速記法で、その速さから田鎖綱紀は「電筆将軍」と呼ばれた。

現在では日本速記協会が中心となり、ひろく国民に速記に関する関心を啓発する催し等が行われている。


彼女がさらさらと書き物をしている。とても速い。流れるように淀みなく手が動く。

見惚れていると、ふと彼女がペンを置いた。ふう、と溜息を漏らして手首を揉む。

「お疲れ様」

「ありがとう」

微笑んで珈琲を差し出すと淡く微笑んでくれる。堪らなく愛しくて、顔を寄せて頬に口付けた。

And the Day of……日本のＡＢＣの日、県民の日［群馬県］、岐阜県地震防災の日

【10月29日はインターネット誕生日】

１９６９年のこの日、インターネットの原型であるＡＲＰＡネットで初めての通信が行われた。

カルフォルニア大学ロサンゼルス校からスタンフォード研究所に接続し、〝ＬＯＧＩＮ〟と入力して〝ＬＯ〟まで送信した所でシステムがダウンした。


インターネットで見つけたという喫茶店に、彼が案内してくれた。穴場なのか人は少ないのに、雰囲気も珈琲の味もよく、値段も手頃。

「いい店だね。また来ようか」

「そうね」

落ち着いたクラシックの流れる店内で、ぽつぽつと言葉を交わす。彼が微笑んでくれる。熱い珈琲と共に幸福を飲み干した。

And the Day of……おしぼりの日、ホームビデオ記念日

【10月30日は香りの記念日】

石川県七尾市が1992(平成4)年に制定。

1992(平成4)年のこの日、七尾市で第7回国民文化祭「世界香りのフェアーN能登」が開催された。

とろとろと眠りと覚醒の狭間を彷徨いながら、優しく髪を撫でる手を感じていた。

抱き込んでくれる腕。すぐ傍にある体温。

まだ離れたくない。厚い胸板に顔を擦り寄せた。彼が小さく笑う気配がする。彼の匂いに包み込まれて、自分でも驚くほどに安堵した。彼のこの匂いが好きだとは、彼には決して言えないけれど。

And the Day of

……初恋の日、たまごかけごはんの日、教育勅語発布の日、ニュースパニック

デー、宇宙戦争の日、紅葉忌、十千萬堂忌［小説家・尾崎紅葉の1903（明治36）年の忌日］

【10月31日はハロウィン】

キリスト教の聖人の祝日「万聖節」の前夜祭。

古代ヨーロッパの原住民ケルト族の収穫感謝祭がキリスト教に取り入れられ、現在のハロウィンになったとされている。ケルト族の1年の終わりは10月31日で、この夜は死者の霊が家族を訪ねたり、精霊や魔女が出てくると信じられていた。これらから身を守る為に仮面を被り、魔除けの焚火を焚いた。

これに因み、31日の夜、南瓜をくり貫いて作ったジャック・オー・ランタン（お化けカボチャ）に蝋燭を立て、魔女やお化けに仮装した子ども達が「Trick or Treat（お菓子をくれなきゃ、いたずらするぞ）」と唱えて近くの家を1軒ずつ訪ねる。家庭では、カボチャの菓子を作り、子ども達はもらったお菓子を持ち寄り、ハロウィン・パーティーを開いたりする。


「お菓子をくれないと悪戯するよ」

彼女を招き入れて開口一番の宣言。狼狽えるかと思った彼女は平然とチョコレートを差し出してきた。

「用意がいいね」

「貴方が言い出しそうなことだもの」

勝ち誇ったような眼差しに悔しくなる。意地悪な唇にキスした。

「ちょっと！」

「僕はお菓子を食べてるだけだよ？」

And the Day of……世界勤倹デー、ガス記念日、日本茶の日、出雲ぜんざいの日、宗教改革記念日

11月（霜月）

【11月1日は灯台記念日】

海上保安庁が１９４９（昭和24）年に制定。

１８６９（明治２）年のこの日、神奈川県横須賀市に日本初の洋式灯台である観音埼灯台が起工された。

制定当初は、洋式灯台の導入が文化の先駆けの意味が強かったことから、11月3日の文化の日に先駆けて1日を記念日としたとされていた。しかし、１９７０（昭和45）年の『灯台百年史』の編纂の時に、観音埼灯台の起工日が11月1日であったことが判明し、これが灯台記念日の日付の由来とされるようになった。海上保安庁でも「文化の日先駆け説」と「観音埼灯台起工日説」の両方を併記して広報してきたが、後者の方が一般的に紹介されるようになってたことと、１９４８（昭和23）年に灯台80周年記念行事が行われていたことが判明したことから、2000（平成12）年より、由来を後者のみとし、実施回数も明治2年からの通年表示とすることになった。

「何を探してるんだい？」

「万年筆を」

周りを見回しても見当たらない。だが彼女を見て、あれ、と思う。

「胸ポケットに刺さってるのは違うのかい？」

指摘すると、彼女が目線を落とす。じわじわとその頬が赤くなった。

「灯台下暗しだね」

揶揄うと、真っ赤になった彼女が黙り込んだ。

And the Day of……計量記念日、自衛隊記念日、生命保険の日、犬の日、点字記念日、すしの日、紅茶の日、本格焼酎の日、泡盛の日、川の恵みの日、野沢菜の日、古典の日、教育の日、新米穀年度、諸聖人の日（万聖節、諸聖徒の日）

【11月2日はタイツの日】

株式会社エムアンドエムソックスが2009（平成21）年に制定。タイツの製造は、片足ずつ編んだ物を1つに縫製しており、その様子が「11」に見えることと、2つでペアであることから。

外で待ち合わせた彼女は珍しくワンピース姿だった。すんなりした脚を覆うタイツには透かしで網目模様が入っていて、妖しい色気を醸し出している。

「よく似合ってるよ」

褒めると恥ずかしそうに目を伏せてありがとうと呟く。道行く男の視線が彼女に集中している気がしてならない。さりげなく腕を取った。

And the Day of……阪神タイガース記念日、キッチン・バスの日（家庭文化の日）、習字の日、死者の日（万霊節）、白秋忌［詩人・北原白秋の1942（昭和17）年の忌日］

【11月3日はみかんの日】

全国果実生産出荷安定協議会と農林水産省が制定。「いい（11）みっか（3日）ん」の語呂合せで、11月3日と12月3日を「みかんの日」としている。

テーブルに置いたかごにみかんを盛る。明るい橙色の果実。

「君も食べて」

一つとって向かい合う彼女に押し付け、自分も一つとって剥き始める。一房食べて驚いた。

「すごく甘いよ、君も食べてごらんよ！」

半分に割って彼女に押し付ける。自分の分を一房食べていた彼女も、その半分を返してくれた。

And the Day of……文化の日（National Culture Day）、文具の日、まんがの日、レコードの日、ハンカチーフの日、いいお産の日、ゴジラの日、サンドウィッチの日、アロマの日、ちゃんぽん麺の日、調味料の日、いいレザーの日

【11月4日はユネスコ憲章記念日】

１９４６（昭和21）年のこの日、ユネスコ憲章が発効し、国連教育科学文化機関（ユネスコ）が発足した。

日本は１９５１（昭和26）年7月2日に加盟した。

点けっ放しにしていたテレビが、世界遺産の特集番組を放映し始めた。なんとなく見始める。

カンボジアのアンコール遺跡群、ペルーのマチュピチュ、トルコのトプカプ宮殿。壮麗で雄大な景色。

「いつか行ってみたいね」

「そうね」

呟くと同意してくれる彼女。嬉しくなってその手を握った。

【11月5日はいいりんごの日】

青森県が２００１（平成13）年に制定。

「いい（11）りんご（5）」の語呂合せ。


彼女が林檎を剥いてくれている。爽やかな芳香が部屋に漂っている。

「どうぞ」

「ありがとう」

早速伸ばしかけた手が止まった。いくつかは普通に剥いてあるが、いくつかは。

「うさぎ林檎にしてくれたんだね。可愛いね」

「……皮も栄養があるの」

そんな言い訳をしてみても、顔が赤くては台無しだよ。

And the Day of……世界津波の日、雑誌広告の日、縁結びの日、いい5世代家族の日、電報の日

【11月6日はアパート記念日】

１９１０（明治43）年のこの日、東京・上野に日本初の木造アパートが完成した。

東京・上野の「上野倶楽部」で、５階建て70室の木造アパートだった。

彼の家はアパートの最上階にある。さほど広くはないが、居心地よく整えられた部屋。

辿り着いてドアベルを鳴らすと、待ちかねていたように応答があった。嬉しそうに笑った彼が扉を開けてくれる。

「よく来てくれたね。さあ入って」

「お邪魔します」

招き入れられると、穏やかな空気に包み込まれた。

And the Day of……戦争と武力紛争による環境搾取防止のための国際デー（International Day for Preventing the Exploitation of the Environment in War and Armed Conflict）、お見合い記念日、馬琴忌［『南総里見八犬伝』の作者・曲亭馬琴の１８４８（嘉永元）年の忌日］、桂郎忌［俳人・小説家・随筆家の石川桂郎の１９７５（昭和50）年の忌日］

【11月7日は知恵の日】

朝日新聞社が１９８８（昭和63）年、『朝日現代用語 知恵蔵』発刊の時に制定。

彼女の生活の知恵には驚かされる。小さな倹約の知恵を、彼女はとてもよく知っているから。

「君は凄いね」

「大したことは」

感心すると、頬を染めて俯く。褒められ慣れないその姿が堪らなく愛しくて、抱きしめて口付けた。

真っ赤になって固まるのが本当に可愛い。こんな時のための方策はないんだね。

And the Day of……鍋の日、もつ鍋の日、知恵の日、紀州山の日【和歌山県】

【11月8日はレントゲンの日】

１８９５年のこの日、ドイツの物理学者・レントゲンがX線を発見した。レントゲンは、真空管に高電圧をかけて実験をしている時に、真空管の外に置かれた蛍光紙が明るく光ることに気付いた。真空管と蛍光紙の間に１０００ページもの厚さの本を置いてもこの光は透過した。そこでレントゲンは、この光に「正体不明」という意味で「X線」と名付けた。

後の研究で、X線は、波長がたいへん短い電磁波であることが判った。波長が短いため体を通り抜けることができ、体の部位や状態によってその通り抜け方が違うことから、体の内部の様子を撮影することができる。

彼女は分かりやすい。レントゲンで照らし出すように、その心の中は手に取るように分かる。

甘えたいけれど甘えられない時のおずおずとした視線。機嫌のいい時の少し緩んだ眉間。不機嫌な時のむっつりした雰囲気。
『なぜ貴方には分かるの』
拗ねた口調が可愛いから、秘密はまだ教えてやらない。

And the Day of……世界都市計画の日、ボイラーデー、いい歯の日、いい歯ならびの日、いいお肌の日、刃物の日、八ヶ岳の日、たぬき休むでぇ～（day）

【11月9日は太陽暦採用記念日】

１８７２（明治5）年のこの日、明治政府が、それまでの太陽太陰暦（旧暦）をやめて太陽暦（新暦）を採用するという詔書を布告し、明治5年12月2日の翌日を明治6年1月1日とすることになった。


彼の家には日めくりカレンダーがあるが、変なところで不精な彼はちょくちょくめくるのを忘れている。

今日も数日前のまま止まっている日付が気になり、断って破いた。その時の彼の薄い笑みをもっと疑問に思えばよかった。

『いつもありがとう。愛してるよ』

今日の日付の上に、率直な愛の言葉。

And the Day of……１１9番の日、換気の日

【11月10日はいい音・オルゴールの日】

長野県下諏訪町の「諏訪湖オルゴール博物館奏鳴館」が制定。

「い（1）い（1）おと（十）」の語呂合せ。

彼女の家には古びたオルゴールがある。外国土産のもののようだ。木製の、可愛らしい人形が曲に合わせて踊るもの。

「これは？」

「母がくれたの」

答えた彼女が、螺子を巻いてみせてくれた。流れだす優しいメロディに目を閉じて聞き入る。いつかその国に、その工房に、二人で行ってみようか。

And the Day of……技能の日、エレベーターの日、トイレの日、井戸の日、肢体不自由児愛護の日、ハンドクリームの日、断酒宣言の日

【11月11日は箸の日】

「1111」が箸が2膳並んでいるように見えることから。

箸が転げても可笑しい年頃はとっくに通り過ぎたのに、どうも近頃の自分は笑い上戸な気がしてならない。彼女の一挙手一投足に笑みが漏れる。笑われて拗ねる彼女の顔が可笑しくてまた笑う。臍を曲げてしまった彼女を笑いを堪えて宥めにかかる。

そこまで考えてはたと気付く。全ては彼女の魅力の故だと。

And the Day of……第一次世界大戦停戦記念日、介護の日、公共建築の日、電池の日、配線器具の日、ジュエリーデー（宝石の日）、麺の日、ピーナッツの日、チーズの日、サッカーの日、くつしたの日、ペアーズディ、おりがみの日、西陣の日、下駄の日、鏡の日、鮭の日、ポッキー&プリッツの日、もやしの日、煙突の日、チンアナゴ

の日、きりたんぽの日、磁気の日、磁石の日、長野県きのこの日、コピーライターの日、立ち呑みの日、豚まんの日、おそろいの日

【11月12日は洋服記念日】

全日本洋服協同組合連合会が1972(昭和47)年に制定。

1872(明治5)年のこの日、「礼服ニハ洋服ヲ採用ス」という太政官布告が出され、それまでの公家風・武家風の和服礼装が廃止された。


二人で百貨店に行った。渋る彼女を引きずってまずは冬の小物を見に行く。

彼女のためにいくつか選んで振り返ると、彼女は少し離れたところで同じように棚を眺めていた。珍しく乗り気だなと思っていると、何やら取り出した彼女がこちらにやってくる。そして一言。

「この色が貴方に合いそう。鏡で合わせてみて」

And the Day of……皮膚の日、心平忌[詩人の草野心平の1988(昭和63)年の忌日]

【11月13日はうるしの日】

日本漆工芸協会が１９８５（昭和60）年に制定。平安時代のこの日に、文徳天皇の第一皇子・惟喬親王が京都・嵐山の法輪寺に参籠し、その満願の日のこの日に漆の製法を菩薩から伝授したとされる伝説から。

この日は、以前から漆関係者の祭日で、親方が職人に酒や菓子などを配り労をねぎらう日であった。

彼の家には漆器の椀がある。汁物はいつもそれで出してくれる。洗う時には、それだけは柔らかい別なスポンジに液体石鹸をつけて。しまう時にも間に柔らかい布を重ねて。

大切な品なのだろうと思う。そんな品を自分などに使わせてくれなくていいのにとも。けれど、小さな特別扱いがひどく嬉しくて。

And the Day of……いいひざの日、県民の日［茨城県］、空也忌［踊念仏の開祖とされる平安時代の僧・空也の忌日。956（天暦10）年11月13日、空也が奥州への遊行に出発する際に「この日を命日とせよ」と言ったことから11月13日を忌日とする。空也は972（天禄3）年9月11日に京都の現在の六波羅蜜寺で亡くなっている］

【11月14日はいい樹脂の日】

中部日本プラスチック製品工業会が制定。
「いい（11）じゅし（14）」の語呂合せ。

プラスチックごみは嵩張る。空気を抜いて、無理やり袋の口を閉じた。ごみの始末を終えて手を洗う。冷蔵庫に貼ったごみの曜日の週間予定を確認する。次は明後日の可燃ごみ。

明日は彼女がきてくれるから、身を寄せ合って二人で眠ろう。彼女を起こさないようにこっそり起きて、ごみ出しをしなければ。

And the Day of……世界糖尿病デー（World Diabetes Day）、パチンコの日、ウーマンリブの日、いい石の日、盛人の日、アンチエイジングの日、県民の日［埼玉県］、県民の日［大分県］、亀井勝一郎忌［評論家・亀井勝一郎の１９６６（昭和41）年の忌日］

【11月15日はのど飴の日】

カンロ株式会社が2011（平成23）年に制定。「い（1）い（1）ひと（1）こ（5）え」（いい一声）の語呂合せ。

彼女が咳をしているのでのど飴を渡した。少し掠れた声で礼を言って、彼女が大人しく飴を口に入れる。

ついでに自分も一つ口に入れた。黄色に透き通った、レモン味の楕円を口の中で転がす。

「君のは何味だった？」

「桃みたい」

ならば良かった、彼女は桃が好きだから。他の味も後で手渡そうと決めた。

And the Day of……七五三、きものの日、こんぶの日、かまぼこの日、生コンクリート記念日、

いい遺言の日、一般鳥獣狩猟解禁日、貞徳忌［歌人・古典学者・俳諧師の松永貞徳の1653（承応2）年の忌日］

【11月16日は自然薯の日】

静岡県熱海市の自然薯料理店が制定。

6を「も」の字に見立て、「11（いい）16（いも）」の語呂合せ。


スーパーマーケットで見つけたんだ、物珍しくてつい買ってしまったよ。そう言って彼が見せたのは自然薯。

「とろろもいいし、ただ切って焼いても美味しいらしいね」

「すりおろすなら、汁物とか磯辺焼きとか」

指摘すると、詳しいねと微笑まれた。手を取られる。

「一緒に作ろうよ」

And the Day of……国際寛容デー（International Day for Tolerance）、幼稚園記念日、いいいろ塗装の日、録音文化の日

【11月17日は将棋の日】

日本将棋連盟が1975（昭和50）年に制定。

江戸時代、将棋好きの8代将軍徳川吉宗が、この日を「お城将棋の日」とし、年に1回の御前対局を制度化した。


彼の鞄には将棋の駒のキーホルダーが付いている。将棋の駒の生産で有名な山形県天童市へ行った際に購入したものだと言う。

表には縁起物「左馬」、裏には彼の名前の彫り込まれたキーホルダー。明るい茶色の彼の鞄にしっくりと合っている。

「次は君と行きたいな。お揃いで鞄に着けたいよ」

And the Day of……国際学生の日（International Students' Day）、肺がん撲滅デー、ドラフト記念日、蓮根の日、島原防災の日

【11月18日は雪見だいふくの日】

ロッテが同社の製品「雪見だいふく」のPRのために制定。11月は「いい」の語呂合せ、18はパッケージを開けたときに附属のスティックと2つの雪見だいふくで18に見えることから。

君と食べたくてと、彼が取り出したのは雪見だいふく。蓋を剥がして小皿に移して、にっこりと差し出してくる。恐る恐る爪楊枝を刺して、一口齧った。

「美味しいね」

ご満悦の彼に、そんなに好きならば一人で食べればいいのにと呆れる。そう告げると彼は口を尖らせた。

「君と半分こしたかったんだよ」

And the Day of……土木の日、もりとふるさとの日、カスピ海ヨーグルトの日、音楽著作権の日、ミッキーマウスの誕生日［1928（昭和3）年のこの日、ニューヨークのコロニーシアターでミッキーマウスが登場する短編アニメーション『蒸気船ウィリー』が初めて公開された］

【11月19日は鉄道電化の日】

鉄道電化協会が1964（昭和39）年に制定。
1956（昭和31）年のこの日、米原～京都が電化され、東海道本線全線の電化が完成した。

『電車に乗ったよ。時間通り着けそうだ』
彼女にメッセージを入れて、一旦携帯電話をしまう。運良く座れた電車内はそこそこに人が乗り込んでいて、休日のためか家族連れやグループも多い。向かいに座ったカップルは仲睦まじく寄り添っている。彼女と合流したら、必ずあの距離感で寄り添おうと決めた。

And the Day of……世界トイレの日（World Toilet Day）、農協記念日、緑のおばさんの日、一茶忌［俳諧師・小林一茶の1827（文政10）年の忌日］、勇忌、かにかくに忌［歌人・劇作家・小説家の吉井勇の1960（昭和35）年の忌日。かにかくに祇園は恋し寝るときも枕のしたを水のながるるの歌から「かにかくに忌」とも呼ばれる」

【11月20日はいいかんぶつの日】

日本かんぶつ協会が2010（平成22）年に制定。干物の「干」の字が「十」「一」からなることから11月、乾物の「乾」の字が「十」「日」「十」「乞」からなることから20日を記念日とした。

切り干し大根で煮物を作る。水で戻して、人参と油抜きした油揚げも刻む。油を引いたフライパンで炒めて、出し汁と調味料を入れて。出来上がりを味見する。

彼女の好みより、少し甘味が足りないかもしれない。少し砂糖を足した。もう一度味見して、満足して火を止める。彼女の訪れが待ち遠しかった。

And the Day of……世界こどもの日（Universal Children's Day）、アフリカ工業化の日（Africa Industrialization Day）、毛皮の日、ピザの日、産業教育記念日、行政相談委員の日、

県民の日〔山梨県〕

【11月21日は任天堂の日】

任天堂がコンピュータゲームのハードや大作ソフトの発売日をこの日に当てることが多いことから、ファンからは俗に「任天堂の日」と呼ばれている。


「新しいゲームが出るらしいね」

「そう」

言ってみてもやはり反応は薄い。想定内なのでそのくらいで自分はへこたれない。気を取り直して言葉を続けた。

「二人以上でも楽しめるみたいだよ」

「そう」

鈍い彼女には直接的に言わなければだめだと悟った。

「一緒にやろうよ」

And the Day of……世界テレビ・デー（World Television Day）、世界ハロー・デー（World Hello Day）、歌舞伎座開業記念日、早慶戦の日、インターネット記念日、フライドチキンの日、かきフライの日、八一忌、秋艸忌、渾斎忌［歌人・書家の会津八一の1956（昭和31）年の忌日］、波郷忌、惜命忌、忍冬忌［俳人・石田波郷の1969（昭和44）年の忌日］

【11月22日はボタンの日】

日本釦協会・全国ボタン工業連合会等が１９８７（昭和62）年に制定。１８７０（明治３）年のこの日、金地に桜と錨の模様の国産のボタンが海軍の制服に採用された。


「裁縫道具はどこ？」

「え？」

二人で帰り着いて早々に言われてきょとんとする。彼女は眉を寄せてこちらのコートに手を伸ばした。

「ボタンが取れそうよ。付け直す」

「自分でやるよ」

「貴方は先延ばしにするから、信用ならない」

「分かったよ、今やるから」

苦笑して、大人しく裁縫箱を取りに行った。

And the Day of……大工さんの日、いい夫婦の日、回転寿司記念日、ペットたちに感謝する日（THANKS PETS DAY）、長野県りんごの日［長野県］、ふるさと誕生日［和歌山県］、近松忌、巣林忌［浄瑠璃・歌舞伎狂言作家・近松門左衛門の１７２４（享保９）年の忌日］

【11月23日は手袋の日】

日本手袋工業組合が１９８１（昭和56）年に制定。

これから手袋が必要になる季節に向けて、祝日の勤労感謝の日を記念日にした。


「寒いの？」

思わず指先を擦り合わせた。目敏く気づいた彼女がすぐに尋ねてくる。

「そうでもないんだけど、指先が冷えてね」

「それを寒いと言うのよ」

怒ったように言った彼女が、何を思ったか手袋を外した。一瞬躊躇ってから、こちらの手を取る。

温かい手にきゅっと握り込まれる。幸福が胸を温めた。

And the Day of……勤労感謝の日（Labor Thanksgiving Day）、外食の日、ゲームの日、ハートケアの日、珍味の日、牡蠣の日、小ねぎ記念日、お赤飯の日、Ｊリーグの日、いいふみの日、いい兄さんの日、いい夫妻の日、いいファミリーの日、分散投資の日、あんこうの日、新嘗祭、一葉忌［小説家・樋口一葉の１８９６（明治29）年の忌日］

【11月24日は進化の日（Evolution Day）】

１８５９年のこの日、ダーウィンの『種の起源』の初版が刊行された。

愛は人を成長させる、進化させる。彼女と恋仲になって、しみじみとそう思った。

できなかった事、やろうともしなかった事も彼女とならできる。精度も上げて、自分を高めて、新しいことにも挑戦して。彼女と釣り合う存在になる為なら、何でもできる。

切磋琢磨しあえるこの関係の、何と素晴らしい事だろう。

And the Day of……オペラ記念日、鰹節の日

【11月25日はハイビジョンの日】

郵政省（現在の総務省）とＮＨＫが１９８７（昭和62）年に制定。

ハイビジョンの走査線の数が１１２５本であることから。

この日とは別に、９月16日が通商産業省（現在の経済産業省）の制定した「ハイビジョンの日」となっている。

テレビを点けると、美術館の展覧会の特集をしていた。何となくそのまま眺める。

知らなかった展覧会だが、面白そうだ。場所も行きやすいところで開催している。

「良さそうだね。二人で行こうか」

「そうね」

同意を得て嬉しくなる。いそいそと手帳を開いた。

「いつなら行ける?」

And the Day of……女性に対する暴力廃絶のための国際デー（International Day for the Elimination of Violence against Women）、金型の日、ＯＬの日、憂国忌［小説家・三島由紀夫の忌日。１９７０（昭和45）年のこの日、三島由紀夫が、自ら主催する「楯の会」のメンバー４人と共に東京・市ヶ谷の陸上自衛隊東部方面総監部で総監を人質にとって本館前に自衛官１０００人を集合させ、自衛隊の決起を訴える演説を10分間行った。その後総監室で楯の会会員の森田必勝とともに割腹自殺した。監督・主演した映画『憂国』に因み、毎年「憂国忌」が営まれている］

【11月26日はいいチームの日】

グループウェアを開発しているソフトウェア会社のサイボウズが制定。

「いい（11）チーム（26）」の語呂合せ。


新しいプロジェクトのリーダーを任されたんだ、まだ顔合わせしただけだけど、皆いい人みたいだよ。隣に座る彼の言葉を聞く。

「でも少し不安だよ。僕にできるかどうか」

「貴方なら大丈夫」

彼のような人徳者が、人を纏められない筈がない。思うままに言うと、目を瞠った彼がじわじわと赤くなった。

And the Day of……ペンの日、いい風呂の日

【11月27日はノーベル賞制定記念日】

１８９５年のこの日、スウェーデンの化学者ノーベルが、自らの発明したダイナマイトで得た富を人類に貢献した人に与えたいという遺言を書いた。ノーベルの死後、ノーベル財団が設立され、１９０１年にノーベル賞の第１回受賞式が行われた。

ノーベルの遺産を元にした基金１６８万ポンドの利子が、物理学・化学・生理学医学・文学・平和事業の５分野に貢献した人に贈られている。１９６９(昭和44）年に経済学賞が追加された。

毎年ノーベルの命日の12月10日に、平和賞はオスロで、その他の賞はストックホルムで授賞式が行われる。

ノーベル賞級の大発見だと、我ながら思う。

「君にそんな癖があったなんてね」

「悪いの！」

真っ赤になって顔を背ける彼女が本当に可愛らしい。笑いを堪えて抱き寄せた。髪を撫でながら囁く。

「悪くなんてないさ。とても可愛らしくて魅力的だよ」

拗ねてこちらを見る目に微笑みかけて、口付けた。

And the Day of……更生保護記念日

【11月28日は太平洋記念日】

１５２０年のこの日、ポルトガルの航海者マゼランが、後に「マゼラン海峡」と命名される南米大陸南端の海峡を通過して太平洋に出た。

天候が良く平和な日が続いたため、この海をPacific Ocean（平和な・穏やかな大洋＝「太平洋」）と名付けた。マゼラン自身はフィリピンで原住民に殺されたが、彼の船は初めて世界を一周して帰国し、地球が丸いことを証明した。


砂浜に並んで太平洋を望む。他に人のいない、広々として寂しげな砂浜。どこまでも続く海。鳴き交わす海鳥の声。海の果てに沈みかかる夕陽。

「綺麗だね」

「そうね」

「海じゃないよ、君のことだ」

告げると、夕陽に照らされる頬を益々赤くして揶揄わないでと呟く。愛しくて堪らなくて、抱き寄せた。

And the Day of……税関記念日、親鸞忌、報恩講［浄土真宗の開祖・親鸞聖人の1262（弘長2）年の忌日。宗派によっては新暦（グレゴリオ暦）に換算した1月16日や月遅れの12月28日に行われる］

【11月29日はいい服の日】

「いい（11）ふく（29）」の語呂合せ。

待ち合わせ場所に佇む彼女を見て、思わずまじまじとその姿を見た。すんなりとした肢体を引き立てる仕立てと色。これまでに見たどんな彼女よりも美しいかもしれない。

「その服、とても良く似合うよ。とても綺麗だ」

「……そう」

照れたように俯く彼女の腕をさりげなく取った。悪い虫がついては困る。

And the Day of……パレスチナ人民連帯国際デー（International Day of Solidarity with the Palestinian People）、議会開設記念日、いい肉の日

【11月30日はオートフォーカスカメラの日】

１９７７（昭和52）年のこの日、小西六写真工業（後のコニカ）が世界初の自動焦点（オートフォーカス）カメラ「コニカC３５ＡＦ」を発売した。

「ジャスピンコニカ」という愛称で呼ばれ、誰でもピンぼけせずに撮れるということで、それまでカメラに縁のなかった女性や中高年層の市場を開拓した。

カメラを買ったんだと嬉しそうに見せられても、愚かにも自分は何も思わなかった。

「試し撮りがしたいんだ。付き合ってほしい」

「え？」

「ほら上着を着て」

訳もわからず外に引き出されて公園へ。何十枚も写真を撮られる。

「ここではこのくらいでいいかな。次は家で撮ろう」

「まだ続ける気なの！」

And the Day of……シティズ・フォー・ライフの日（Cities for Life Day）、本みりんの日、シルバーラブの日、鏡の日

12月（師走）

【12月1日は映画の日】

映画産業団体連合会が１９５６（昭和31）年に制定。

１８９６（明治29）年11月25日、神戸で日本で初めての映画の一般公開が開始された。この会期中のきりの良い日を記念日とした。

街頭広告に、ふと目が吸い寄せられた。一番大切な人と観るための映画、の謳い文句。

「どうかしたかい？」

「い、え……」

一瞬緩んだ足取りを見咎められ、慌てて誤魔化す。真っ先に貴方が思い浮かんだ、なんて、到底言えない。そうと頷いた彼に、にこりと微笑まれた。
「ところで、映画観ないかい？」

And the Day of……世界エイズデー（World AIDS Day）、鉄の記念日、デジタル放送の日、いのちの日、冬の省エネ総点検の日、カイロの日、手帳の日、データセンターの日、着信メロディの日、下仁田葱の日、カレー南蛮の日、防災用品点検の日

【12月2日は日本アルゼンチン修好記念日】

１８９８（明治31）年のこの日、日本とアルゼンチンとの間に修好通商航海条約が結ばれた。

テレビをつけると、茶色の画面にびっしりと手形が浮き上がった。思わずぎょっとする。

すぐに画面が切り替わり、その壁を前にアナウンサーが話し始めた。アルゼンチンの世界遺産、手の洞窟の特集らしい。

「びっくりしたけど、面白そうな場所だね」

言いながら振り返る。彼女は白い顔で胸を押さえていた。

And the Day of……奴隷制度廃止国際デー（International Day for the Abolition of Slavery）、日本人宇宙飛行記念日、原子炉の日

【12月3日はカレンダーの日】

全国団扇扇子カレンダー協議会が１９８７（昭和62）年に制定。明治5年12月3日（旧暦）が太陽暦の採用によって明治６（１８７３）年１月１日となった。

来年用のカレンダーを取り出してきた。どれをどこに飾ろうかと考える。愛らしい動物のもの、雄大な自然風景のもの。トイレにも小ぶりなものをかける。

それに、自分はついめくるのを忘れてしまう日めくりカレンダー。無精なと呆れながらめくってくれる人がいるから、ついそのままにしてしまうのだ。

And the Day of……国際障害者デー（International Day of Disabled Persons）、奇術の日、妻の日、プレママの日、プレイステーションの日、ひっつみの日、みかんの日、個人タク

シーの日

【12月4日は血清療法の日】

1890（明治23）年のこの日、北里柴三郎とエミール・ベーリングが破傷風とジフテリアの血清療法の発見を発表した。


「っ！」

がぶ、と首筋に噛み付かれて息を飲んだ。

「痛かったかい。すまないね」

言いながらも、彼は反省の色なく位置を変えながら繰り返し噛み付いてくる。その度にびくびくと体が震え、熱い吐息を堪える。

恋の毒が全身に回って、このままでは死んでしまう。けれど血清などどこにもないのだ。

【12月5日はモーツァルト忌】

オーストリアの作曲家ヴォルフガング・アマデウス・モーツァルトの１７９１年の忌日。

モーツァルトの旋律の流れる喫茶店。向かい合って座って言葉を交わす。甘いケーキ。香り高い珈琲。居心地の良い空間。そして、和やかな会話。
「このケーキ美味しいよ。味見してごらんよ」
皿を押すと、彼女も自分の皿を押してよこしてくれた。フォークで少し切って食べてみる。幸福の味がした。

And the Day of……国際ボランティア・デー（International Volunteer Day）、バミューダトライアングルの日、納めの水天宮

【12月6日は音の日】

日本オーディオ協会が1994（平成6）年に制定。1877年のこの日、エジソンが自ら発明した蓄音機で音を録音・再生することに成功した。

彼女がもじもじとこちらを窺っているので、微笑んで腕を広げた。

「おいで」

呼んでみると、ほっとしたような顔をしておずおずと腕に収まる。胸に耳を押し付けてきて安心したように目を閉じた。

「貴方の心臓の音がする」

安らいだ表情で幸せそうに呟く。堪らなく愛しくて、強く抱きしめた。

And the Day of……

姉の日、シンフォニー記念日、ラジオアイソトープの日、聖ニコラウスの祝

日、黄門忌［「水戸黄門」で知られる水戸藩主・徳川光圀の１７００（元禄13）年の忌日］

【12月7日はクリスマスツリーの日】

１８８６（明治19）年のこの日、横浜・明治屋に日本初のクリスマスツリーが飾られた。


百貨店に入ると、吹き抜けになったホールに大きなクリスマスツリーが飾られていた。思わず立ち止まって見惚れる。

ふわふわとした綿飾り、色とりどりのオーナメント。天辺には輝く星を抱く大きな木。

「凄いね、とても綺麗だ」

「そうね」

隣で頷いてくれる君に、今年は何を贈ろうか。

And the Day of……国際民間航空デー（International Civil Aviation Day）、神戸開港記念日

【12月8日は事納め】

その年の農事等雑事をしまう日。

江戸時代には、里芋・こんにゃく・にんじん・小豆を入れた「御事汁」を食べた。

農事を始める「御事始め」は2月8日である。


彼女が作ってくれた御事汁を二人で食べる。自分の好みに合わせてくれたのか、彼女にしては濃いめの味付け。

「とても美味しいよ。温まるね」

「そう」

面映そうに目を伏せた彼女が里芋を口に入れた。自分もまた一口食べる。

「今年もどうもありがとう」

「こちらこそ」

来年もまた、二人で食べよう。

And the Day of……対米英開戦記念日（太平洋戦争開戦記念日）、針供養、成道会、聖母マリア無原罪の御宿りの祭日、ジョン・レノン忌［1980年のこの日、ビートルズのメンバーだったジョン・レノンがニューヨークの自宅アパート前で熱狂的なファン、マーク・チャプマンにピストルで撃たれて死亡した］

【12月9日は国際腐敗防止デー(The International Day against Corruption)】

2003(平成15)年のこの日、「国連腐敗防止条約」が調印された。

公務員等による贈収賄・横領などの汚職・腐敗行為の防止のための日。


今日の彼女の手土産はいつもより高級な菓子。そして、なにやら言い出しかねている様子。もじもじしているので助け舟を出してみた。

「何か頼みたいことがあるんだろう?」

正面から尋ねると目を見開く。分かりやすさに、思わず笑った。

賄賂などなくたって、自分が彼女の望みを叶えないはずがない。

And the Day of……障害者の日、漱石忌[小説家・夏目漱石の1916(大正5)年の忌日]

【12月10日は世界人権デー（Human Rights Day）】

1950（昭和25）年の国連総会で制定。国際デーの一つ。

1948（昭和23）年のこの日、パリで行われた第3回国連総会で「世界人権宣言」が採択された。

「すべての人間は、生まれながらにして自由であり、かつ、尊厳と権利とについて平等である。」で始まる全30条と前文からなっている。

日本では、この日までの一週間を「人権週間」としている。

全ての人間は生まれながらに自由であり、平等なのだ。だというのに彼女はどうも自分自身を下に見てばかりいる。

控えめで遠慮がちな彼女をいじらしく愛しいとも思うけれど、歯痒さが拭えない。もっと我儘を言ってくれていい、もっと自由に生きてくれていい。滅多に言わない我儘を引きずり出してみたいのだ。

And the Day of……ノーベル賞授賞式、三億円事件の日、アロエヨーグルトの日、納めの金比羅

【12月11日は胃腸の日】

日本大衆薬工業協会（現 日本OTC医薬品協会）が2002（平成14）年に制定。

「いに（12）いい（11）」（胃に良い）の語呂合せ。

赤い顔でぐったりしていた彼女を慌てて寝台に押し込んだ。熱を計らせると、かなり高い。

胃腸が弱っているだろうから、今夜は雑炊にしよう。野菜を刻んで、卵も入れて。そう決めて立ち上がろうとした時、服の裾を掴まれた。熱に潤んだ目が見上げてくる。

「ここに、いてくれないの？」

愛おしさが胸を貫いた。

And the Day of……国際山岳デー（国際山の日）（International Mountain Day）、ユニセフ創立記念日、沢庵忌［江戸時代の臨済宗の僧・沢庵の１６４６（正保２）年の忌日］

【12月12日はバッテリーの日】

日本蓄電池工業会（現在の電池工業会）が1985（昭和60）年に「カーバッテリーの日」として制定。1991（平成3）年に「バッテリーの日」と名称を変更した。

野球のバッテリーの守備位置が数字で1、2とあらわされることから。

この日同会では、セ・パ両リーグから最優秀バッテリー1組ずつを選考し表彰している。

いつの間にか携帯電話のバッテリーが切れてしまっていた。充電器に繋ぐと、少しして息を吹き返す。

明るくなった画面には、『受信メールあり』の文字。開いてみると、彼女からだった。

今週末会えるかと問う言葉に嬉しくなり、早速返信する。君のためなら、時間を作らないわけがないじゃないか。

And the Day of……漢字の日、ダズンローズデー（Dozen Rose Day）、明太子の日、児童福祉法公布記念日

【12月13日は正月事始め、煤払い、松迎え】

年神様を迎える準備を始める。

昔はこの日に、門松やお雑煮を炊くための薪等、お正月に必要な木を山へ取りに行った。

江戸時代中期まで使われていた宣明暦では、旧暦の12月13日の二十八宿は必ず「鬼」になっており、鬼の日は婚礼以外は全てのことに吉とされているので、正月の年神様を迎えるのに良いとして、この日が選ばれた。その後の暦では日付と二十八宿とは一致しなくなったが、正月事始めの日付は12月13日のままとなった。


正月に向けて準備を始めた。注連飾りを買ってきて、おせちの作り方を調べて。

彼女は甘いものが好きだから、栗きんとんと黒豆は多めに用意しよう。お雑煮の具はどうしようか。二人でどこに初詣をしようか。考えるだけで心が浮き立つ。

寒い冬も、何が起こるかわからない新しい年も、君さえいてくれれば。

And the Day of……美容室の日、ビタミンの日、聖ルチア祭

【12月14日は南極の日】

１９１１年のこの日、ノルウェーの探検家・アムンゼンと４人の隊員が人類で初めて南極点に到達した。


外に出た途端、冷たい風が吹き付けてきた。思わず身震いする。

「今日は寒いね。南極みたいだ」

「南極に行ったこともないのに」

苦笑する彼女の手を握った。赤くなって振り払おうとされるが、しっかりと握り込む。

「離して」

「嫌だよ」

抱きしめたいのを我慢しているのに、これ以上妥協はしないよ。

And the Day of……四十七士討ち入りの日、忠臣蔵の日

【12月15日はザメンホフの日（Zamenhofa Tago）】

国際語・エスペラントを考案したザメンホフの１８５９年の誕生日。

世界各地でエスペラント使用者がザメンホフ祭（Zamenhofa Festo）などの催しを開く。


「今日はエスペラントを考案した人の誕生日らしいね」

朝のニュースからの知識を唇に乗せてみた。希望の名を抱く、人造の国際語。バベルの塔めいたこの世界を繋ぐべく作られた言葉。

彼女と自分は同じ言語のもとで育ち、巡り合った。けれどたとえ母語が違っても、きっと二人は結ばれた。

And the Day of……観光バス記念日、年賀郵便特別扱い開始

【12月16日は電話創業の日】

1890（明治23）年のこの日、東京市内と横浜市内の間で日本初の電話事業が開始した。

加入電話は東京155台・横浜44台で、女子7人・夜間専門の男子2人の交換手が対応した。

ふと、彼の声が聞きたくて堪らなくなった。

けれど時計を見て躊躇う。彼はきっと眠っている。こんな時間に電話など非常識だ。

だが耳は彼の声を欲しがっている。彼の声が恋しい。彼が、恋しい。

駄目だ。彼に迷惑がられてしまう。呆れられてしまう。誘惑を断ち切るように目を背けた時、電話が鳴った。

And the Day of……紙の記念日、念仏の口止め

【12月17日は飛行機の日】

１９０３年のこの日、アメリカ・ノースカロライナ州のキティホークで、ウィルバーとオーヴィルのライト兄弟が動力飛行機の初飛行に成功した。

この日には4回飛行し、１回目の飛行時間は12秒、４回目は59秒で飛行距離は２５６ｍだった。

彼女は飛行機が苦手だ。だからできるだけ避けるようにしているが、今度の旅行先はそうはいかない。

「大丈夫かい？」

「……大丈夫」

少し迷ってからしっかりと頷く。ややして、少し自信なさげに付け加えた。

「……貴方は、隣にいてくれるのよね」

可愛らしさに思わず笑った。当たり前じゃないか。

【12月18日は納めの観音】

1年で最後の観音の縁日。

今日は今年最後の観音の縁日。浅草寺に二人で詣でた。立ち並ぶ正月の縁起物を売る露店、それに羽子板市。羽根が害虫を食べるとんぼに似ている事から、可愛い娘に悪い虫がつかない縁起物だという。

「一つ買うから、ちゃんと君の家に飾るんだよ」

「なぜ」

勿論悪い虫がつかないようにだよ。

And the Day of……国際移民デー(International Migrants Day)、国連加盟記念日、東京駅完成記念日、源内忌［江戸時代の学者・平賀源内の1779(安永8)年の忌日。同年夏に誤って人を殺して投獄され、獄中で亡くなった］

【12月19日は国際南南協力デー(United Nations Day for South-South Cooperation)】

2004年の国連総会で制定。

1978年のこの日、国連総会で「ブエノスアイレス行動計画」が承認された。

「南南協力」とは「途上国相互の協力」のことである。


人間は不完全だ。誰しも欠けた部分があって、完璧などではなくて。少しでも完璧なものに近づこうと足掻いている。

『こんな不完全な私のどこを、貴方は愛してくれるの』

泣きそうな顔で彼女は問うが、だからこそ愛しているのだ。

未熟な者同士、切磋琢磨し合える。二人でなら、きっとどこまでも。

And the Day of……日本人初飛行の日

【12月20日はデパート開業の日】

１９０４（明治37）年のこの日、東京・日本橋の三井呉服店が三越呉服店と改称し、日本で初めてのデパート形式での営業を開始した。

二人で百貨店に行った。クリスマス商戦の真っ盛り、人で賑わう売り場を歩き回る。

暖かそうなコート、セーター、マフラー。売り場を眺めては彼女を窺っていると、気づいて顔を顰められた。

「まだ買い直す必要はないわ。まだ着られる」

「使い分けたっていいじゃないか」

残念に思いながら諦めた。

And the Day of……人間の連帯国際デー（International Human Solidarity Day）、霧笛記念日、シー

ラカンスの日、鰤の日、果ての二十日、劉生忌［洋画家・岸田劉生の1929（昭和4）年の忌日］、石鼎忌［俳人・原石鼎の1951（昭和26）年の忌日］

【12月21日は遠距離恋愛の日】

ＦＭ長野の大岩堅一アナウンサーが提唱。

「1221」の両側の1が1人を、中の2が近附いた2人を表す。

遠距離恋愛中の恋人同士が、クリスマス前に会ってお互いの愛を確かめあう日。


今日は久しぶりに彼女と会える。電話やメールのやり取りはしていても、実際に会った時の喜びには敵わない。

漸く車内アナウンスが間も無くの到着を知らせた。いそいそと網棚から荷物を下ろし、コートに腕を通す。

ホームに降り立って、階段を駆け下りて。改札の向こうに愛しい姿を見つけて、頬が緩んだ。

And the Day of……バスケットボールの日、クロスワードの日、回文の日、納めの大師

【12月22日は労働組合法制定記念日】

1945（昭和20）年のこの日、「労働組合法」が公布された。

「労働組合法」は、労働者の団結権・団体交渉権・団体行動権等の保障について定めた法律で、「労働基準法」「労働関係調整法」とともに「労働3法」と呼ばれている。


「なら、僕はストライキするよ」

宣言されて呆気にとられる。彼は何を言い出した。

「何のストライキなの」

「恋人としての、だよ。キスもしない、抱きしめない。君が折れてくれるまでやめないからね」

勝手にしてと答えかけて躊躇う。それは寂しいかもしれない。躊躇った時だった。

「……そんな顔しないで。僕が悪かったよ」

And the Day of……改正民法公布記念日

【12月23日はテレホンカードの日】

ＮＴＴが制定。

１９８２（昭和57）年のこの日、電電公社（現在のＮＴＴ）が、東京・数寄屋橋公園にカード式公衆電話の１号機を設置した。

財布の中に、一枚のテレホンカードがある。何かの折に貰って、使う機会のなかなかないカード。

それの存在を思い出したのは、街角で公衆電話を見かけた時。扉を開けてふらりと中に入った。

カードを差し込み、暗記している番号を押す。呼び出し音を聞きながら、出てくれますようにとお祈りをした。

【12月24日は終い愛宕】

1年で最後の愛宕権現の縁日。

今日は終い愛宕。「伊勢へ七たび、熊野へ三たび、愛宕参りは月参り」と歌われる愛宕権現の、一年最後の縁日。

愛宕山は修験道七高山の一番だという。軍神であり、火難除け・盗難除けの神でもある神。

彼女はこの心を盗み取った人。魂まで抜き取られるのは悔しいから、愛宕権現にお参りでもしておこうか。

And the Day of……クリスマス・イヴ、納めの地蔵

【12月25日はクリスマス】

イエス・キリストの降誕を記念する日。

イエスがこの日に生まれたという確証はなく、各宗派がそれぞれに日付を定めてイエスの生誕を祝っていたが、4世紀前半、教皇ユリウス1世が「イエスの生誕の日は12月25日」と定めた。冬至の時期であるこの日前後には異教の祭が重なっており、キリスト教側が布教拡大を狙ってこの日をイエス生誕の日としたものと見られている。

日本では1874（明治7）年に最初のクリスマスパーティーが開かれ、現在では宗教を越えた年末の国民行事となっている。


「メリークリスマス」

言い交わして乾杯した。シャンパンのさらりとした甘さ、食卓に並ぶご馳走。食事をしながら色々な話をした。ゆったりとした時間を咀嚼し味わう。

飲み干したグラスに彼女が注ぎ足してくれるので、お返しに自分も相手のグラスに泡立つ液体を注ぐ。淡い彼女の笑みがとても神聖で眩しかった。

And the Day of……昭和改元の日、スケートの日、蕪村忌、春星忌［俳諧師・画家の与謝蕪村の1783（天明3）年の忌日］

【12月26日はボクシングデー（Boxing Day）】

クリスマスプレゼントの箱（box）を開ける日。クリスマスにカードやプレゼントを届けてくれた郵便配達人や使用人にプレゼントをする。イギリス、カナダ、オーストラリア、ニュージーランド、スイスでは公休日。


「はい、クリスマスプレゼント」

「私、からも」

ぎこちなく差し出される箱を受け取りながらキスをした。彼女は赤くなりながらも受け止めてくれる。掻き抱いてキスの雨を降らせたいのを我慢した。

「どうもありがとう。開けても？」

君も開けてみて欲しい。促すと、彼女はおずおずとリボンに手をかけた。

And the Day of……プロ野球誕生の日、ジャイアンツの日、聖ステファノの祝日

【12月27日は浅草仲見世記念日】

１８８５（明治18）年のこの日、東京・浅草の仲見世が新装開業した。煉瓦作りの新店舗１３９店が開店した。１９２３（大正12）年の関東大震災で倒壊したが、鉄筋の建物として再建された。

浅草の仲見世を二人で覗いて回る。雷おこしの他にも、煎餅、おかき、花林糖。美味しそうなものが沢山ある。ふと隣の彼女の足取りが一瞬緩んだ。

「何かいいものあったかい？」

「い、え、」

口籠るのは何か気になっている証拠。促すように目を覗き込むと、渋々白状した。

「……金平糖が、綺麗だったから」

And the Day of……ピーターパンの日

【12月28日は官公庁御用納め、仕事納め】

官公庁で、年末年始の休みの前のその年の最後の事務をとること。また、多くの民間企業でもこの日が仕事納めとなる。

１８７３（明治６）年から、官公庁は12月29日から1月3日までを休暇とすることが法律で定められており、28日が仕事納めとなる。

通常は12月28日であるが、土・日曜日の場合は直前の金曜日となる。

「良いお年を」

同僚と言い交わして職場を後にした。弾む足取りで階段を駆け下りる。

早く家に帰って、彼女を待ちながら料理をして。彼女が来てくれたら二人で夕飯をとって。

明日は二人で年越しと新年の買い出しに行こう。蕎麦も買って、栗金団やら黒豆やらも買ってきて。待ちきれなかった。

And the Day of ……ディスクジョッキーの日、身体検査の日、シネマトグラフの日、チャイルドマス（無辜嬰児殉教の日）（Childmas, Innocents' Day）

【12月29日はシャンソンの日】

1990（平成2）年のこの日、銀座のシャンソン喫茶の老舗「銀巴里」が閉店した。

ラジオからシャンソンが流れ出した。女性歌手の柔らかな歌声。甘い恋唄に手を止めて聞き入った。

美を賛美し、愛を囁く声。なんと美しい曲だろうと旋律に浸る。

自分もこんな風に彼女と愛を語り合いたい。優しく微笑む眦に口付け、熱くなる頬に手を添え、薄い唇を食み。早速実行しようと立ち上がった。

And the Day of……清水トンネル貫通記念日、山田耕筰忌［作曲家・山田耕筰の1965（昭和40）年の忌日］

【12月30日は地下鉄記念日】

1927（昭和2）年のこの日、上野〜浅草に日本初の地下鉄（現在の東京地下鉄銀座線）が開通した。

地下鉄へ乗り換えるために階段を降りていく。多層的な駅は迷路のようで、迷ってしまいそうだ。
「こっちだね、案内板に書いてある」
振り向きながら言うと、人波に流されかけていた彼女が慌てて戻って来た。傍に来たその手を握りこむ。赤くなって振りほどこうとされるが離さない。逸れるよりいいだろう？

And the Day of……横光利一忌［小説家・横光利一の1947（昭和22）年の忌日］、取引所大納会

【12月31日は大晦日、大晦】

1年の終わりの日。

月末のことを晦日・晦と言い、年末の最後の晦日なので大晦日・大晦という。

「みそか」は三十日の意、「つごもり」は月籠りが転じたもので、旧暦では毎月1日が新月であり、その前日を「つごもり」と呼んだ。


かくんと首を落とした彼女が、はっと身を起こして首を横に振る。苦笑して抱き寄せた。

「眠いなら無理しなくていいよ」

「眠くない……」

ごねる彼女にまた苦笑した時、年が変わった。瞬いた彼女がふわっと笑う。

「あけましておめでとう」

私が貴方の最初ね。ふわふわと呟かれ、愛しさが胸を貫いた。

And the Day of……除夜、ニューイヤーズ・イヴ、シンデレラデー、大祓、寅彦忌、冬彦忌［物理学者・随筆家の寺田寅彦（吉村冬彦）の１９３５（昭和10）年の忌日］、一碧楼忌［俳人・中塚一碧楼の１９４６（昭和21）年の忌日］

Only They Know When

【おつきあい一周年記念日】


いつものように訪れてくれた彼女を招き入れる。食卓を見た彼女が怪訝そうに振り返った。

「ずいぶん豪勢なのね……！」

尋ねかけた彼女が言葉を飲み込み、じわじわと赤くなる。気付いたようだねと笑ってその手を取った。

「これから先も宜しくね」

一年前の今日、通い合った二つの心。絆はこれからもきっと続いていく。

参考文献：今日は何の日　毎日が記念日（http://www.nnh.to）

著者プロフィール

狭倉 瑠璃（はざくら るり）

1991年神奈川県横浜市生まれ。

高等学校時代には文芸部に所属し、詩作・小説執筆に挑戦。

2013年3月、早稲田大学文学部文学科卒業。

世界各地の文明・神話・伝承にもときめく。一推しはアステカ神話（メキシコ）です。

著書『140字で読む「みだれ髪」 おごりの春のうつくしきかな』(幻冬舎、2018年)

万華鏡アニバーサリーズ

2024年 9 月15日　初版第 1 刷発行

著　者　狭倉 瑠璃
発行者　瓜谷 綱延
発行所　株式会社文芸社
〒160-0022　東京都新宿区新宿1－10－1
電話　03-5369-3060（代表）
03-5369-2299（販売）

印刷所　株式会社暁印刷

©HAZAKURA Ruri 2024 Printed in Japan
乱丁本・落丁本はお手数ですが小社販売部宛にお送りください。

送料小社負担にてお取り替えいたします。

本書の一部、あるいは全部を無断で複写・複製・転載・放映、データ配信することは、法律で認められた場合を除き、著作権の侵害となります。

ISBN978-4-286-25559-0